KB135571

우리는
학생
기자다

사람책으로 만든 사람책

이제창×영남공업고등학교 전자과 학생기자단

사람책으로 만든 사람책
프로젝트를 시작하며

'휴먼 라이브러리(Human Library)' 프로젝트에 대해 들어본 적 있으신가요? '휴먼 라이브러리' 프로젝트란 '사람' 더하기 '도서관', 그러니까 말 그대로 사람을 빌려주는 도서관을 의미합니다. '휴먼 라이브러리'에서는 우리가 실제 도서관에서 책을 빌려 보는 것처럼, 자신이 원하는 사람책을 골라 정해진 시간 동안 자유롭게 사람책을 읽을 수가 있습니다. 우리 주변의 모든 사람들은 마치 한 권의 책처럼 저마다의 경험을 통해 다양한 지식과 지혜를 지니고 살아갑니다. 이렇게 사람책들을 통해 살아가는 방법을 배우고 사람에 대한 편견과 선입견을 극복하고자 마련된 프로그램이 바로 '휴먼 라이브러리' 프로젝트입니다.

'휴먼 라이브러리' 프로젝트는 2000년 덴마크 출신의 사회운동가 로니 에버겔이 어느 뮤직 페스티벌에서 기획한 작은 부대 행사에서 비롯되었습니다. 로니 에버겔은 어린 시절 자신의 친구가 칼에 찔려 숨진 사건을 겪은 뒤로 청소년 사이에 벌어지는 폭력과 편견을 없애기 위해 비폭력청소년운동가로 활동하고 있었습니다. 그러던 중 뮤직 페스티벌로부터 서로 미워하는 사람들이 좋은 이웃으로 성장하게 하는 이벤트를 개최해 달라는 제안을 받게 되고, 이에 그는 서로 미워하는 사람들이 진솔한 대화를 나누게 하자는 '휴먼 라이브러리' 프로젝트를 기획하게 됩니다. 이렇게 시작된 프로그램에 대한 사람들의 반응은 매우 뜨거웠습니다. 4만 명이나 되는 사람들이 이 프로그램에 참여하며 큰 성공을 거

두었고, 이것이 유럽을 시작으로 전 세계 70여 개국에 확산되며 '휴먼 라이브러리' 운동의 시초가 되었습니다.

　이러한 '휴먼 라이브러리' 프로젝트가 우리나라에서는 '사람책 도서관'이라는 이름으로 빠르게 확산되고 있습니다. 실제로 우리 주변의 많은 기관들이 '사람책 도서관'을 만들어 다양한 유형의 사람책들을 대출하고 있습니다. 하지만 이렇게 많은 '사람책 도서관'이 만들어지고 훌륭한 사람책들이 쌓여가고 있는데도, 아직 '사람책 도서관'을 제대로 활용하고 있는 사람들은 그리 많지 않은 실정입니다.

　문제의 주된 원인은 '사람책 도서관'의 보급 방식에 있습니다. 그동안 우리나라의 '사람책 도서관'은 주로 관(官)이 주도하는 형태로 이루어져 왔습니다. 하지만 이러한 운영 방식은 새로운 제도를 빠르게 보급하고 정착하는 데는 유리하지만, 수요자가 아닌 공급자 중심으로 운영될 가능성이 높다는 점에서 한계가 있습니다. 실제로 우리나라의 '사람책 도서관' 행사는 대부분 명사(名士) 중심의 작은 강연회나 이웃 간의 재능 나눔, 청소년들의 진로 탐색에 초점을 맞춘 일회성 프로그램 형태로 운영되어 왔습니다. 하지만 이 방식은 수요자가 원할 때 사람책을 읽는 것이 아니라 공급자가 원할 때 사람책을 제공해주는 공급자 위주의 방식입니다. 이는 평범한 사람들의 진솔한 대화에 중점을 두었던 로니 에버겔의 방식과도 차이가 있습니다.

저는 '사람책 도서관'이 사람 간의 만남에 중점을 둔 로니 에버겔의 방식대로 운영되는 것이 보다 효과적이라 생각합니다. 무릇 사람이란 사람과의 관계 속에서 의미를 찾는 관계적 존재이기 때문입니다. 일찍이 아리스토텔레스는 사람을 '사회적 동물'이라 칭하였고, 하이데거는 사람을 가리켜 '세계-내-존재'(In-der Welt-Sein)라 하였습니다. 사람을 지칭하는 또 다른 말인 인간(人間)이라는 단어조차도, 그 뜻을 가만 들여다보면, 사람은 홀로 살아가지 못하고 관계하며 사는 존재라는 의미를 내포하고 있습니다. 그러므로 만남이란 대단히 중요합니다. 모든 사람들은 만남을 통해 관계를 형성하고 있는 까닭입니다.

재언하지만 인생은 분명 만남의 연속입니다. 누가 어떤 사람을 만나냐에 따라 인생의 방향과 내용이 확연히 달라집니다. 어떤 부모, 어떤 친구, 어떤 스승, 어떤 책, 어떤 직업, 어떤 지도자를 만나느냐에 따라 그 인생은 성공할 수도, 실패할 수도, 행복해질 수도, 불행해질 수도 있습니다. 보다 나은 인생살이를 할 수도 있고 더 힘겨운 인생을 살 수도 있습니다. 헬런 켈러가 탄생하기까지는 설리반과의 만남이 있었고, 마이클 조던에게는 딘 스미스가, 플라톤에게는 소크라테스가, 알렉산더 대왕에게는 아리스토텔레스가 있었습니다. 독특한 개성을 가진 한 개인은 이렇게 타인과의 만남과 소통을 통해 존재하며 또 성장해 갑니다. '귀중한 만남'은 인생의 축복입니다.

저는 우리 아이들이 사람책들과 '귀중한 만남'의 기회를 가졌으면 하였습니다. 그리고 그들과의 만남 속에서 자신의 인성을 순화하고 진로를 탐색하는 데 도움을 받았으면 하였습니다. 이를 위해 국어 과목의 '대화의 원리와 언어 예절'이라는 단원을 중심으로 교육과정을 재구성하여 프로젝트 수업(PBL)을 운영하였습니다. 이 책은 그러한 프로젝트 수업의 결과물들을 모아놓은 것입니다. 따라서 아이들이 누구를 만날지에서부터 질문을 만들고 약속을 잡고 그들을 만나 실제 인터뷰하기까지의 일련의 과정들은 모두 아이들이 직접 스스로 진행하였습니다. 이러한 자기주도적 활동이야말로 취업을 목적으로 한 공업고등학교 학생들에게 직업기초능력을 기를 수 있는 매우 의미 있는 기회가 될 것이라 믿었기 때문입니다. 따라서 이 책은 인터뷰의 질적 우수성은 차치하고라도 공고 아이들이 직접 진행한 결과물을 모아놓은 것이라는 사실 하나만으로도 매우 자랑스러운 결과물이 아닐 수가 없습니다.

저는 이 책이 자존감 낮은 우리 아이들에게 '나도 할 수 있다'라는 깨달음을 얻게 하는 의미 있는 자존심 회복의 기회가 되었으면 합니다. 그리고 장차 자신의 프로필 한 편을 차지하는 멋진 자부심이 되었으면 합니다. 나아가 아이들에게 오랜 세월 동안 회자되는 아름다운 추억이 되었으면 합니다. 낯선 사람에게 연락하고 만나고 웃고 떠들면서 맛있는 걸 나누어 먹었던, 요동치던 희로애락의 기억은 쉬이 사라지지 않을 것입니다. 또한 이 책이 우리 지역(대구)의 보이지 않는 곳에서 우리 사회를 지탱해 온 훌륭한 사람책들의 명예로운 훈장이 되었으면 합니다. 가능할지는 모르겠지만 이 책으로 말미암아 인터뷰에 참여해주신 분들이 세상에 더 알려지고 더 많은 사람들에게 귀감이 되는 기회가 되었으면 합니다. 또한 이 책을 계기로 우리나라의 '사람책 도서관'들이 다소 번거롭겠지만 사람과의 만남에 초점을 두는 방향으로 회귀하게 되는 전환점이 되었으면 합니다. 책을 읽어보면 아시겠지만, '사람책 도서관' 프로젝트는 역시 사람 간의 만남에 초점을 둘 때 가장 의미가 있습니다.

이 책이 나오기까지 도움을 주신 고마운 분들이 참 많습니다. 이 거

대한 프로젝트는 사실 저 혼자서는 다 해낼 수 없는 실로 방대한 작업이었습니다. 먼저 인터뷰 역량이 다소 부족한 우리 학교 학생들을 위해 한국언론진흥재단의 갈진영 선생님과 최정애 선생님께서 큰 도움을 주셨습니다. 아이들에게 인터뷰 요령을 알려주시고 인터뷰 나가기 전 사전 모의고사 격인 '인터뷰 데이'를 멋지게 마련해 주셨습니다. 덕분에 아이들의 인터뷰 실력도, 기사문 작성 실력도 많이 향상되었습니다. 대구시립중앙도서관의 사람책 담당 한이재 주무관님께도 감사드립니다. 대구시립중앙도서관에서 어렵게 마련한 사람책 명단을 토대로 의미 있는 만남을 기획할 수 있었습니다. 우리 학생들에게 귀감이 될 만한 졸업생들을 고심하고 있을 때 이에 걸맞는 졸업생들을 추천해주신 구수연 선생님께도 감사드립니다. 사랑으로 키워낸 훌륭한 제자들 덕분에 후배들이 긍정적인 영향을 받았습니다.

인터뷰에 기꺼이 응해주신 열여덟 분의 사람책 선생님께도 감사드립니다. 공고 학생들이 뜬금없이 연락하여 인터뷰 하겠다고 할 때 무시하거나 외면하지 않고 진지하게 응해주셨습니다. 방과후에 학생들이 사람책을 찾아가서 인터뷰를 하는 작업은 아무리 교육 활동의 일환이라 할지라도 예산의 지원 없이는 쉽게 이루어질 수 없는 작업이었습니다. 공고 학생들을 데리고 이렇게 무모한 시도를 하겠다고 할 때 편견 없이 예산을 지원하며 도전의 기회를 주신 대구광역시교육청 미래교육과의 김정희 장학사님과 안현주 선생님, 허미정 장학관님과 장재화 운암고 교장선생님(전 미래교육과 과장님)께 진심으로 감사드립니다. 벌여 놓은 엄청난 프로젝트를 스스로 감당하지 못하고 허덕이고 있을 때 끝까지 해낼 수 있게 응원해준 박준현 선생님과 지한구 선생님, 나오는 책마다 가장 먼저 사서 가장 열심히 읽어주는 최갑환 선생님, 내가 짊어진 부담을 기꺼이 나누어져 준 어여쁜 나의 아내 김아미, 이런 아빠를 두어 아빠와 함께 보내야할 시간을 늘 손해 보고 있는 우리 딸 은유에게도 진심으로 감사의 마음을 전합니다. 그리고 마지막으로 어렵게 인터뷰를 하고도 한 권의 책으로 묶는 과정에서 분량 관계상 지면에 수록되지 못한 1학년 전자 1반의 장인녕, 육정은, 이민기, 이상민 학생과 1학년 전자 3반의 박성현, 이양호, 이은동, 김준영 학생, KT&G의 안성민 님, 국제섬유패션학원의 서창익 원장님께도 심심한 사과와 감사의 말씀을 전합니다.

　조선의 유학자인 신흠은 「숨어 사는 선비의 즐거움」이라는 글에서 소탈한 친구를 만나면 나의 속됨을 고칠 수 있고, 통달한 친구를 만나면 나의 편벽됨을 깨뜨릴 수 있으며, 박식한 친구를 만나면 나의 고루함을 바로잡을 수 있다 하였습니다. 인품이 높은 친구를 만나면 나의 타락한 속기를 떨쳐버릴 수 있고, 차분한 친구를 만나면 나의 경망스러움을 다스릴 수 있으며, 욕심 없이 깨끗하게 사는 친구를 만나면 사치스러워지려는 나의 허영심을 깨끗이 씻어낼 수 있다고도 하였습니다. 신흠이 이러한 글을 쓸 수 있었던 것은 신흠이 자신이 가진 지위에 연연하지 않고 늘 낮은 자세로 상대로부터 무엇이든 배우려고 했기 때문입니다. 저도 신흠의 이러한 자세를 본받아 주변 사람들로부터 항상 배우고 그들에게서 지혜를 얻는 삶을 살도록 노력하겠습니다. '사람책 도서관'의 서가에 꽂혀 있는 사람책들도 물론 의미 있는 사람책이지만, 무엇보다 내 주변에 있는 사람들로 꾸려진 나의 사람책들이야말로 내 인생에서 가장 중요하고도 소중한 사람책들일 것이기 때문입니다.

2020년 2월의 어느 날
지도교사 이제창

차 례

01

우리가
꿈꾸는 길을
앞서 나간
선배들

공고 출신이어도
능력만 있으면 인정받습니다

삼성전자 장재혁 선배님

인터뷰 _ 김민성, 김현민, 이동재, 홍승우

Prologue

'삼성공화국'이라는 말이 있을 만큼 우리나라에서 삼성이란 기업의 비중은 절대적이다. 그런데 그렇게 압도적인 삼성 그룹 안에서도 영업 실적이 가장 좋고 영향력이 큰 곳이 바로 삼성전자다. 소위 삼성 중의 삼성인 것이다. 취업을 준비하는 사람이라면 누구나가 삼성전자 입사를 희망한다고 해도 과언은 아니다. 우리나라 최고의 회사라 하는데 누군들 가고 싶지 않겠는가. 못 가서 못 가는 사람은 있을지 몰라도 안 가서 못 가는 사람은 없다. 특히 졸업과 동시에 취업을 희망하는 특성화고 학생이라면 더욱 그럴 것이다.

💬 자기소개 해주세요!

🎤 안녕하세요. 저는 영남공고 전자기계과 졸업생 장재혁이라고 합니다. 2016년 10월에 공개 채용으로 삼성전자 메모리 사업부에 취업하였고요. 올해로 3년 차입니다. 작년에 군에 갔다가 전역한 뒤 이제 막 복직한 지 5개월 된 삼성맨입니다.

💬 회사에서는 어떤 일을 하고 계신가요?

🎤 삼성전자 메모리 사업부에서 엔지니어로 근무하고 있습니다. 구체적으로 어떤 일을 하는지는 말씀드리기가 좀 어려운 부분이 있는데요. 간단하게 말해 우리 회사 엔지니어들은 매일 여러 가지 업무들을 처리하는데, 미팅과 회의, 설비 같은 일을 하고 있습니다.

💬 특별히 어려운 점이 있지는 않나요?

🎤 반도체 용어들이 좀 낯설고 어려운 용어들이 많습니다. 그래서 반도체 용어들을 사용할 때 좀 어려운 부분이 있어요. 특히 회사에서 미팅을 할 때 반도체 용어나 영어로 말하는 게 많아 힘들었습니다. 그 외에는 딱히 힘든 건 없는 것 같아요.

💬 선배님 말씀을 듣고 보니 선배님이 참 멋있어 보입니다. 저도 선배님처럼 좋은 회사에 취업하고 싶어요. 그러려면 우선 성적을 잘 받아야 할 것 같은데 우리 학교에서 성적을 잘 받을 수 있는 좋은 팁 같은 게 있다면 소개해 주세요.

🎤 저 같은 경우 학교 때 내신 성적 관리는 시험 2주 전부터 본격적으로 준비했던 거 같아요. 물론 평소 수업 시간에 열심히 하는 건 당연하겠지만요. 수업 시간에 선생님이 중요하다고 말씀하신 부분들을 잘 정리했다가 시험 1주일 전부터 본격적으로 공부하였던 거 같아요. 시험 1주일 전부터는 방과 후에 독서실에서 가서 매일 밤 11시까지 공부하면서 시험을 대비하였습니다.

💬 자격증 관리는 어떻게 하셨나요?

🎤 사실 저는 자격증 관리를 좀 늦게 시작한 편이에요. 본격적으로 자격증을 따기 시작한 건 고등학교 2학년 후반부터입니다. 공고생들에게는 의무검정이라고 해서 필기시험이 면제되고 실기 시험만 치면 기능사 자격증을 딸 수 있는 기회가 있잖아요. 그래서 의무검정으로 기능사를 하나 취득하였고, 그 외에는 4개의 자격증을 가지고 있어요.

💬 영남공고에 입학하게 된 계기가 있나요?

🎙 사실 저는 중학교 때까지 유도 선수였어요. 그런데 가정 형편이 넉넉하지 않아서 운동을 계속하기가 힘들더라고요. 그래서 계속 운동을 하게 되면 집에 부담을 끼치게 되니까 과감히 포기했어요. 그런데 제 사촌 누나가 특성화고 졸업하고 삼성전자에 다녔거든요. 그런데 누나 월급이 되게 많은 거예요. 그래서 어떻게 하면 되냐고 물어보았더니 그 누나가 하는 말이 돈을 많이 벌고 싶으면 특성화고에 가서 성적을 잘 받아 대기업이나 공기업에 취업을 하라는 거였어요. 그래서 저는 누나의 이야기를 듣고 대구에 있는 공고 몇 군데에 직접 전화를 걸었어요. 제가 중학교 때 성적이 70%인데 여기 오면 1등 할 수 있냐고요. 지금 생각해 보면 객기기는 한데, 영남공고에 계신 어떤 분이 영남공고에 오면 1등 할 수 있다고 하는 거예요. 그래서 중학교 때 70%인 성적으로 고등학교 때 1등을 할 수 있는 학교는 영남공고밖에 없다고 여겨져서 진학을 결정하였습니다.

💬 그럼 영공 오셔서 1등 하셨나요?

🎙 (웃음) 이게 좀 웃긴 게 1등 못했어요. 처음에는 과에서 한 20등, 10등 했던 거 같아요. 그런데 그러다가 고2 때부터인가? 이러면 이도 저도 안 되겠다 싶어서 더 열심히 했어요. 그러니 승부욕이 생기더라고요. 그때부터 마음먹고 시작해서 졸업할 때까지 과에서 5등을 유지했어요. 결국 1등은 한 번도 못 했던 거죠.

💬 중학교 때까지 운동선수를 하셨으면 공부가 익숙하지 않아서 공부하기 힘드셨을 것 같아요. 그리고 승부욕이 있으신 만큼 1등 하기 위해서 노력하시면서 받았던 스트레스도 이만저만이 아니었을 것 같아요. 그럼 공부할 때 받은 스트레스는 어떻게 관리하셨나요?

🎙 운동하던 사람이니까 운동으로 풀었죠. 공부도 혼자 하기보다는 친구와 같이하는 방식으로 공부했어요. 기능 선수를 하는 친구가 있었는데 그 친구랑 같이 많이 했어요. 친구랑 같이 공부하게 되면 경쟁도 되지만 협동도 되고 의지도 되니까 아무래도 스트레스를 덜 받게 되더라고요.

💬 저는 기능 선수를 하는 걸 고민 중인데 일반 학생하고 비교해 보면 어떤 게 더 나을까요?

🎙 이건 정말 케이스 바이 케이스인데, 아무래도 기능을 하면 대기업에 취업하기가 쉬워요. 확실한 능력을 가진 학생이니까 대기업에서도 선호를 하지요. 하지만 가성비 면에서는 기능생이 별로일 수도 있습니다. 들이는 노력에 비해 기능생은 메달을 못 따면 의미가 없는 것 같기도 해요. 하지만 웬만한 기능생은 대부분 대기업에 가니까 장점이 없다고 할 수는 없어요. 모두가 대기업이나 공기업에 가고 싶지만 일부 학생만 대기업에 갈 수 있는 게 현실이니까요. 하지만 대기업에 취업할 수만 있다면 사생활도 누릴 수 있는(?) 일반 학생이 좀 더 좋은 것 같습니다.

💬 삼성전자에 취업하기 위해서 특별히 노력한 것이 있나요?

🎤 자격증 땄고요. 내신 관리했고요. 뭐 그런 거죠. 특별한 비결이 있을 게 있나요. 저는 그냥 기본에 충실했던 거 같아요. 사실 학생들이 열심히 노력할 수 있는 건 딱 정해져 있잖아요. 아, 맞다. 대기업이나 공기업 취업에 관심이 있는 친구들이랑 정보를 공유했던 것도 있어요. 사실 제가 공기업에 입사하고 싶어서 10군데에 지원했었거든요. 그런데 10개 전부 다 떨어졌어요. 그러다가 삼성에는 필기에 합격했어요. 그런데 제가 항상 가졌던 생각이 '면접만 볼 수 있으면 면접은 잘 볼 자신이 있다'였어요. 저는 다른 친구들에 비해 말도 잘하는 편이고 글도 잘 적는 편이었어요. 공교롭게도 지금까지도 자기소개서를 써서 떨어진 시험은 없는 것 같아요. 삼성전자에 입사할 때도 우리 학교에서 면접까지 저 포함해서 총 4명이 갔거든요. 그중에서 제 내신 성적이 제일 낮았어요. 그런데 저 혼자 합격하게 되었어요. 제 성적이 제일 낮아서 학교 선생님들이 걱정이 많았지만, 면접에서 제가 제일 나았던 것 같아요.

💬 면접을 잘 보려면 어떻게 해야 하나요?

🎤 앞서 제가 말을 잘하는 편이라 하기는 했지만, 말을 잘하는 것만으로는 면접을 잘할 수는 없죠. 저는 선생님들의 도움을 많이 받았어요. 면접 준비하면서 선생님들이 케어를 많이 해주셨거든요. 선생님들의 케어가 큰 도움 되었습니다.

💬 그럼 대기업 면접에서 특별히 고려해야 하는 점이 있나요?

🎤 면접은 총 두 번을 봐요. 기술면접과 임원면접. 기술면접과 임원면접 중에서는 임원면접을 잘 봐야 돼요. 기술면접은 사원이 보고 임원면접은 임원이 보거든요. 기술면접은 실무에 대한 능력은 보지만 임원면

접은 인성을 많이 보는 것 같아요. 대부분 성실함과 자신감을 잘 피력한 친구들이 합격을 많이 한 것 같아요.

💬 영남공고를 졸업한 것에 대해 만족하시나요?

🎤 저는 학력에 전혀 신경 안 씁니다. 저는 지금 서울대 졸업생이랑 겨루고 있어요. 하지만 저는 멘탈도 강하고 승부욕이 있어서 제가 부족한 부분이 느껴지면 더 노력하는 편이에요. 그리고 실제로 삼성에서는 제가 공고 졸업한 것에 아무도 신경 쓰지 않아요. 능력만 있으면 인정받는 곳이 이곳입니다.

💬 그럼, 지금 삶에 만족하고 있나요?

🎤 당연히 만족합니다. 저도 사람이니까 당연히 힘들 때도 있지만, 저는 긍정적인 편이라서 힘든 감정들을 잘 떨쳐냅니다. 무엇보다 월급 받으면 그 어떤 힘든 일도 다 떨쳐버리게 되어 있습니다. (웃음) 우리 회사에 와서 돈 받아보면 후배들도 무슨 말인지 알게 될 것입니다.

💬 외람된 질문이지만 월급은 어느 정도 받으십니까?

🎤 대충 300만 원에서 400만 원쯤 받습니다. 설이나 추석 명절에 보너스가 따로 있고요. 12월에는 성과급을 산정해서 1월에 성과급이 지급되는데 저는 한 1천만 원 정도 받은 거 같아요. 하지만 제가 많은 편이 아니에요. 제가 고졸에 첫 직장이라 이 정도 되는데 경력이 쌓이면 계속 늘어납니다.

💬 혹시 영남공고 후배들에게 마지막으로 해주실 말씀이 있으신가요?

🎤 면접이나 자기소개서를 빨리 준비하는 게 좋아요. 그걸 준비하다 보

면 내가 부족한 점이 뭔지, 무엇을 더 해야 하는지 깨달을 수 있거든요. 자격증은 최소 3개는 따야 적당할 거 같아요. 내신 관리 철저히 하시고, 면접할 때는 자신감을 가지고 면접에 임하시면 됩니다.

　　선배님은 감사하게도 우리가 먹은 음료 값까지 모두 계산해 주셨다. 열심히 공부하고 준비하여 선배님과 함께 삼성전자에서 근무하고 싶은 마음이 들었다. 선배님의 자신감과 승부욕이 인상 깊었다. 내가 꼭 본받고 싶은 모습이었다. 그 동안 영남공고에 온 것을 부끄럽게 생각했던 내 자신이 너무 부끄럽게 느껴졌다. 내가 창피하게 생각했던 것이 더 창피했던 것이었다. 이제 나도 선배님처럼 앞으로 더욱 당당하게 학교 생활할 것을 다짐해 본다.

목표를 이루면
꿈도 함께 이루어집니다
코레일 형준우 선배님

인터뷰 _ 조휘진, 이재도, 김민재, 김수환

Prologue

'이럴 줄 알았으면 나도 특성화고 갔을 걸…'

특성화고 출신 학생들의 공기업 취업 기사에는 꼭 이런 댓글이 달린다. 어느 정도 수익이 보장되는 안정적인 직장에 대한 수요가 높아지면서, 공기업 취업에 대한 선호 현상이 뚜렷한 까닭이다. 하지만 그렇다고 해서 마이스터고, 특성화고 학생들에 대한 공기업 취업 경쟁률이 그렇게 낮은 것도 아니다. 일반 채용 경쟁률에 비할 수는 없겠지만, 그 옥석을 가리는 과정은 꽤나 치열하다. 우리는 이렇게 어려운 경쟁을 뚫고 공기업에 입사한 선배를 만나 보았다.

💬 자기소개 해주세요!

🎤 저는 여러분들과 마찬가지로 영남공고에 입학해 2017년 2월에 졸업을 했고요. 3학년 때 코레일에 입사해 지금은 휴직하고 군 복무 중인 형준우라고 합니다.

💬 영남공고에 오게 된 특별한 이유나 계기가 있으신가요?

🎤 특별한 이유나 계기는 없어요. (웃음) 그냥 성적 맞춰서 온 거죠. 지금 대학에 다니고 있는 학생들도 마찬가지겠지만 우리나라 현실에서는 적성보다는 성적에 맞춰서 진학하게 되는 경우가 많은 거 같아요. 저도 마찬가지로 성적이 안 돼서 영남공고에 오게 되었죠. 그렇다고 해서 저는 처음부터 인문계를 갈 생각은 없었어요. 인문계를 가봤자 중학교 때랑 비슷할 거라 생각했거든요. 그래서 애초부터 인문계는 제쳐놓고 성적 되는 데를 찾다 보니 영남공고를 오게 되었습니다.

💬 그럼 영남공고에 오셔서 후회하지는 않으셨나요?

🎤 그럼 친구는 영남공고에 온 걸 후회하나요? (웃음) 저는 학교가 영

남공고라고 해서 후회는 하지는 않았어요. 도리어 저는 여기에 와서 결과적으로 제가 노력한 만큼 좋은 성과를 얻었다고 생각하기 때문에 우리 학교에 대해 좋게 생각하고 있습니다.

💬 저는 공고에 간다고 하니, 보통 공고에 대한 평판이 안 좋으니까 주변 사람들의 반응이 별로 좋지 않았던 것 같아요. 선배님은 어떠셨나요?

🎤 제가 처음 공고에 간다고 했을 때 친척 분들 인식이 다들 안 좋으셨어요. 그래서 친척들은 물론이고 친구들도 저에게 다시 생각해 보라며 반대했었지요. 그런데 그래서 더 열심히 했던 거 같아요. 공고 나와도 잘될 수 있다고……. 그게 영남공고를 다녀도 떳떳하게 다닐 수 있게 노력했던 계기가 되었습니다.

💬 그럼 주변인들의 반응이 선배님을 더 열심히 하게 했다는 거네요?

🎤 그렇죠. 공고에 대한 인식 자체가 안 좋다 보니 아무리 잘 가도 이상한 회사에 갈 거라고 이야기 했었으니깐요. 공고 나와도 좋은 회사에 갈 수 있다는 걸 보여줘야 했습니다.

💬 입학할 때 특별한 꿈이 있으셨나요?

🎤 처음에 특별한 꿈은 없었고 막연하게 취업을 한다는 생각만 가지고 입학하였어요. 그런데 반대로 집에선 대학을 목  표로 하는 것을 원하더라고요. 하지만 저는 다시 그 반대로 취업을 하는 것을 원했습니다. 요즘 대학생들에게 꿈이 뭐냐고 물어보면 대부분 대기업이나 공기업 취업이라고 이야기한다고 하더라고요. 그런데 여기서도 대기업이나 공기업에 갈 수 있으니 대학에 가서 가나 여기서 바로 가나 결과는 똑같다고 생각했어요. 어쩌면 여기서 가는 게 더 쉽게 가는 걸 수도 있고요. 그래서 열심히 노력한 결과 저는 목표를 이루었습니다.

💬 그럼 꿈을 이루신 거네요. 그 꿈을 이루신 비결이 있나요?

🎤 시간이 지나고 보니 대기업 취업이나 공기업 취업이라는 꿈이 이루어진 건 저에게 주어진 작은 목표들을 하나하나 달성해나갔기 때문이었던 것 같아요. 제가 대기업이나 공기업 같은 거창한 꿈만 생각하고 있었으면 아마 노력하지 않았을 것 같아요. 작은 목표들이 있고 그 작은 목표들에 집중했기 때문에 노력할 수 있었습니다. 그러므로 막연하게 대기업이나 공기업에 가고 싶다고 꿈만 꾸고 있을 것이 아니라 자기가 원하는 걸 찾아서 세부적인 목표를 세워 꾸준히 밀고 나가는 것이 중요하다고 생각합니다.

💬 그럼 목표를 이루기 위해 선배님은 어떤 활동들을 하셨나요?

🎤 저는 전자기계과를 나왔거든요. 학교 다니면서 봉사 활동도 꾸준히 했었고 자격증 준비를 위해 방학 때 거의 매일 학교에 나왔던 거 같아요. 학기 중은 물론 방학 때도 학교에 나와 실습 준비하고 공부한 덕에 자격증도 많이 취득했어요. 여러 가지로 많이 노력했습니다.

💬 그래서 자격증을 몇 개정도 취득하셨나요?

🎤 기능사 자격증을 5개 취득하였어요.

💬 우와. 정말 대단하세요. 그냥 컴퓨터 자격증이 아니라 기능사를 5개나 따셨다니 정말 대단하신 거 같아요. 어떤, 어떤 자격증을 따셨는지 여쭤 봐도 될까요?

🎤 컴퓨터응용선반기능사랑 승강기 기능사, 특수용접 기능사, 정보처리기능사, 공유압기능사 이렇게 5가지를 땄어요.

💬 그럼 다섯 개가 전부 다 필기 면제자 검정, 일명 의무검정으로 딴 건가요?

🎤 아니요. 공유압기능사만 3학년 때 의무검정으로 땄고 나머지는 모두 2학년 때 땄어요. 원래 의무검정은 하나밖에 안 돼요.

💬 기능사 자격증은 어렵다고 들었는데, 어떻게 그런 알짜배기 자격증을 단기간에 딸 수 있었는지 비결이 궁금합니다.

🎤 우선 기본적으로 독학을 했고요. 우리는 공고니까 전공 선생님들이 많이 계시잖아요. 전공 선생님들을 많이 활용했어요. 승강기 같은 전기

과 관련된 자격증은 전기과 선생님들의 도움을 많이 받았고요. 선반 같은 기계과 관련 자격증은 기계과 선생님들 도움을 많이 받았어요. 정보처리기능사 같은 전자과 관련 자격증은 전자과 선생님들 도움을 많이 받았고요. 사실 기능사 자격증들은 이론도 중요하지만, 실기가 참 중요하거든요. 그런데 저는 실기 연습을 전부 다 학교에서 했어요. 우리는 공고니까 장비가 다 있잖아요. 외부에서는 연습하기가 힘들어요. 실기 시험은 대부분 학교 선생님들이 가르쳐 주셨어요. 참 감사할 따름이죠.

💬 다른 전공 선생님들이 도와주셨다고 하니까 굉장히 놀랍네요.

🎤 본인만 열심히 하려고 하면 우리 학교 선생님들은 많이들 도와주시는 것 같아요. 용접은 저도 학원을 다녔는데, 그때는 학교 선생님들에게 여쭤보기 전이었거든요. 저도 처음에 이렇게 많이 도와주실 줄 몰랐어요.

💬 영남공고 시험 문제는 쉽다고 하는데, 선배님도 공부나 시험이 쉬웠나요?

🎤 친구들이 착각을 많이 하는 거 같아요. 진짜 중요한 공부는 내신 시험만 있는 게 아니에요. 우리 학교 선생님들께서 학생들의 장래를 위해 내신 시험 문제를 쉽게 내주시는 경향이 있는 건 사실입니다. 학생들의 성적이 낮으면 취업에 많이 불리해지니까요. 하지만 내신만 잘 받는다고 좋은 회사에 취업할 수 있는 건 아니에요. 대기업이나 공기업을 준비하는 친구들 이야기를 들어보면 내신에 신경 많이 쓰던데 저는 내신보단 취업하기 위한 실질적인 공부도 중요하다고 생각해요. 어차피 대기업이나 공기업 올 정도면 다들 내신이 좋아요. 내신 시험이 쉽더라도 실질적인 공부를 하면서 내공을 키워나가야 합니다. 저도 중학교 때까지는 성적이 안 좋아서 영남공고를 오게 되었지만 여기 오니깐 진도 나가

는 게 빠르지 않아 따라 나가는 게 쉽더라고요. 1학년 때까지는 내신 위주로 공부하고 2, 3학년 때는 취업을 하기 위한 실질적인 공부를 하면서 취업 준비를 했어요.

💬 영남공고를 다니면서 3년 동안의 각오는 어떠셨어요?

🎤 제가 아까 말씀드렸던 거처럼 주변 사람들에게 공고에 대한 안 좋았던 인식들을 바꾸는 게 첫 번째 각오였던 거 같습니다. 공부를 열심히 해 내신도 잘 받고 그랬는데 인문계 친구들을 만나 나 이 정도 했다고 이야기하면 아무리 성적을 잘 받아도 공고라서 좋은 곳엔 취업 못 한다고 그러더라고요. 그래서 더 노력했어요.

💬 그럼 주변인들의 인식이 역설적으로 선배님에게 많은 도움이 되었던 거네요?

🎤 그렇죠. 공고 다니면 안 좋은 사람이라는 인식이 박히는 거 같아 마음에 안 들더라고요.

💬 저도 주변 사람들이 그렇게 생각하는 것 같아 속상할 때가 많아요.

🎤 그럼 친구도 열심히 노력해서 그렇지 않다는 걸 보여주면 됩니다.

💬 영남공고를 다니면서 가장 도움이 되었던 사람이 있으셨나요?

🎤 구수연 선생님과 최갑환 선생님이 제일 도움 되었던 거 같아요. 특히 구수연 선생님은 2, 3학년 담임 선생님이셔서 옆에서 계속 도와주시고 취업 관련 자료가 올라오면 계속 수집해 주셨어요. 최갑환 선생님은 자격증 따는 데 많은 도움을 주셨던 거 같아요. 제가 기계과인데도 공부할 수 있게 도와주시고 자격증 따는 것도 많이 도와주셨거든요. 삼성에

서 근무 중인 친구 덕분에 저도 동기부여가 많이 된 거 같아요.

💬 고등학교 때 친구가 진짜 친구라는 말이 있던데요. 선배님도 영남공고를 졸업하고 친구들이랑 연락을 많이 하시나요?

🎤 지금은 군 복무 중이라 그렇지만 삼성 다니는 친구랑은 연락 많이 하고 있어요. 그리고 지금 복무하는 부대에 친구들이 많이 있어서 그래도 연락을 자주 하는 편이네요.

💬 이미 꿈은 이루셨지만 지금 시점에서 꾸는 또 다른 꿈이 있나요?

🎤 꿈이라기 보단 소소한 희망이라고 하는 게 좋을 것 같아요. 뉴스를 보면 안전사고에 대한 소식을 많이 듣게 되는데요. 저도 현장에서 근무하고 있다 보니 남의 일 같지 않더라고요. 전역하고 복직하게 되면 무엇보다 안전하게 근무하는 게 제 희망이고 아프지 않고 건강하게 생활하는 것도 중요한 거 같아요.

💬 그럼 마지막으로 영남공고 생활에 대한 꿀팁이 있으신가요?

🎤 꿀팁이라기 보다는 취업에 대해 말씀드리자면 자기 의지가 가장 중요하다는 말씀을 드리고 싶어요. 공부도 물론 중요하지만 봉사 활동도 같이 하며 본인 스펙을 쌓는 것이 중요해요. NCS나 취업 관련 면접을 준비하는 게 취업에 유리하다고 생각해요.

💬 코레일에 입사해 보니 어떠세요?

🎤 모두가 가고 싶어 하는 회사에 입사했다는 자부심이 있어요. 제가 코레일에 입사하고 나니 집안 분위기도 바뀌고 친척들의 인식도 바뀌고 인문계 다니던 친구들도 저를 부러워하는 거 같아 저는 충분히 만족합니다. 회사에는 근무를 많이 못 하고 입대를 했기 때문에 회사 일에 대해서는 훗날을 기약해야 할 것 같아요.

하늘은 스스로 돕는 자를 돕는다고 한다. 다른 과 자격증을 따기 위해 다른 과 선생님들을 찾아다녔던 선배님의 그 열정의 반의반이라도 닮아야겠다는 생각을 했다. 선배님은 우리 학교에는 참 훌륭한 선생님들이 많다고 했다. 나도 선배님처럼 우리 학교의 훌륭한 선생님들을 믿고 더 열심히 학교생활을 해야겠다고 느꼈다. 지금 나에게 공기업은 오르지 못할 나무처럼 보이지만, 나도 선배님처럼 자격증을 하나둘씩 따다 보면 그런 좋은 기업에 취업할 기회가 있을지도 모른다. 내가 할 수 있는 일들에 집중하면서 차곡차곡 준비해가다 보면 언젠가 나도 그렇게 될 수 있을 것이다.

02

미래를
밝혀주는
**우리 지역의
등대**

대한민국의 미래가
여러분들에게 달려있습니다

대구창조경제혁신센터 김미라, 천지운 매니저

인터뷰 _ 신재서, 박성훈, 한재윤, 조수홍

Prologue

　'내게 일이란 무엇이며, 평생을 함께 하고픈 직무가 있는가?'라는 질문에 9할이 '없다'라고 응답했다는 기사를 읽은 적이 있다. 실망하는 사람도 있겠지만 냉정히 따져 보면 그 말이 그렇게 틀린 것도 아니라고 생각한다. 취업을 하고 나면 다른 사람 밑에서 다른 사람의 생각대로 일하게 되는데, 어떻게 그 일을 자기 일처럼 생각하고 평생 함께 하고 싶을 수가 있겠는가? 그러므로 만약 자신에게 평생을 함께 하고 싶은 직무가 있다면, 그런 사람은 취업이 아닌 창업으로 발상을 전환할 필요가 있다.

💬 안녕하세요. 반갑습니다. 먼저 자기소개 부탁드립니다.

🎤 안녕하세요. 저는 대구창조경제혁신센터에 근무하는 C-SEED 육성팀 김미라 매니저, 저는 천지운 매니저라고 합니다.

💬 먼저 창조경제혁신센터가 뭐하는 곳인지 알려주세요.

🎤 창조경제혁신센터는 혁신 창업의 허브로서 대한민국의 지속 가능한 성장 원동력인 창업기업을 다양한 정책을 통해 지원하고 있는 곳이에요. 지역의 창업을 활성화하고 기업가 정신을 고취하기 위한 추진 과제를 발굴하고 운영하고 있고요. 예비창업자나 창업기업의 역량 강화를 위해 다양한 지원도 하고 관련 기관이나 프로그램을 연계하고 있어요. 전국에는 대구를 포함하여 총 19곳이 있습니다.

💬 그럼 대구창조경제혁신센터에 대해서도 알려주세요.

🎤 대구창조경제혁신센터는 북구 침산동에 있는 대구 삼성창조캠퍼스에서 국가의 신성장 동력인 견실한 스타트업을 육성하고 지역의 고용과 성장을 추진하고자 하는 목적으로 운영되고 있는 곳이에요. 융합과 창

의적 기업가 정신을 통해 새로운 가치를 창출하고 세상을 주도할 다양한 미래 산업을 이끌어가기 위해 설립되었죠. 대구창조경제혁신센터의 모든 시설은 누구나 신청하고 이용할 수 있어요. 그러니 이곳의 시설을 이용하고 싶으면 홈페이지에서 신청을 하면 돼요.

그리고 창업 지원을 위한 다양한 지원 프로그램도 제공하고 있는데요. 만약 선정이 되게 되면 다양한 지역 인프라와 연계하여 여러 가지 지원을 해드리고 있어요. 특히 청년들에게는 창업 지원이 특히 많으니까요. 나중에 기회가 되면 많은 친구들이 창업에 관심을 가지고 지원을 해보시면 좋을 것 같아요.

💬 그렇군요. 청년 창업이라고 하면 대충 감은 오지만, 구체적으로 어떤 것인지 소개를 부탁드립니다.

🎤 일단 만 18세 이상에서 39세 이하까지를 청년이라고 하거든요. 그리고 창업은 뭔지 아시죠? 어떤 혁신적인 아이디어를 가지고 비지니스 모델을 갖추어서, 본인 명의로 사업자를 내서 활동을 하는 건데요. 정리하자면 청년의 나이에 해당 되는, 기업가 마인드를 가진 사람이 기업을 창업하는 것을 청년 창업이라고 할 수 있겠네요.

💬 저희가 지금 만 17세인데 내년이면 만 18세가 되는데요. 그럼 저도 곧 청년 창업 대상자가 된다는 이야기인데 좀 얼떨떨합니다. 창업은 어른들이 하는 거 같은 느낌이거든요. 청년 창업자들은 주로 어떤 사업을 하는지 궁금해지네요.

🎤 분야는 굉장히 다양해요. 청년 창업은 특정 분야로 제한되어 있다기보다는 청년이 창업하는 모든 분야라고 생각하면 될 거 같아요. 창업 아이템이 있다면 그게 뭐든 상관없어요. 그래서 창조경제혁신센터의 창

업 지원도 분야별로 다양합니다. 가령 저는 소셜 벤처 담당이어서 사회 문제를 해결할 수 있는 어떤 가치를 가진 기업과 관련되어 있고요. 옆에 선생님은 의료 분야 담당이라서 의료 쪽 창업을 지원하고 있어요. 요즘은 트렌드가 플랫폼을 만든다든지 공유경제와 관련된 창업이 많은 편이고요. 대구만의 특색을 꼽자면 여기가 섬유 도시 대구라서 그런지 패션이나 의류 관련된 창업이 좀 많은 편이에요.

💬 그럼 청년 창업을 시작하시는 분들은 보통 몇 살쯤에 사업을 시작하시나요?

🎤 이것도 워낙 다양한데요. 적게는 20대 초반부터 많게는 50대까지도 본 것 같아요. 물론 50대분들이 창업하시는 걸 청년 창업이라고 하지는 않겠지만 말이죠. (웃음) 저희 팀(C-SEED)이 초기 창업하는 단계, 그러니까 예비창업자부터 창업 3년 이내의 팀들을 많이 이제 구성하고 발굴하고 하는 팀인데요. 요즘은 보면 대체로 20대 중·후반의 대표님들이 많으신 거 같아요.

💬 그럼 청년 창업은 늘어나는 추세인가요? 줄어드는 추세인가요?

🎤 확실히 늘어나는 추세인 것 같아요. 객관적인 통계자료나 이런 것들을 가지고 말씀드리는 것이 아니라서 정확한 것은 아니지만, 창업 지원을 담당하는 사람으로서 느끼는 바로는 부쩍 많이 늘어나고 있는 것 같아요. 대구 지역에 대학들이 많잖아요. 요즘은 대학에서도 창업 과목을 만든다든지, 창업 활동을 지원하는 프로그램들이 굉장히 많이 생기고 있거든요. 그러다 보니 자연스럽게 그런 영향을 받는 것 같아요. 무엇보다 요즘 취업이 잘 안 되니까 일자리를 구해야 하잖아요. 그러다 보니 취업을 준비하다가 아예 창업으로 돌아서는 그런 면도 있는 것 같아요.

💬 그럼 일자리가 부족하기 때문에 어쩔 수 없이 창업을 한다는 말씀이시군요.

🎤 아니요. 꼭 그렇게만 볼 건 아니에요. 북유럽 쪽 국가에서도 스타트업이 굉장히 많은 편이거든. 21세기 들어 사회가 급속도로 변화하면서 경제 패러다임이 빠른 속도로 바뀌어 가고 있어요. 그러다 보니 기존의 산업으로는 생산성이 잘 안 나오는 상황이에요. 그러다 보니까 자연히 스타트업이 나와야만 경제 구조가 돌아가는 상태가 되었어요. 일종의 새로운 성장 동력이 필요한 시점이 된 거죠. 그래서 해외 선진국뿐만 아니라 우리나라도 자연스럽게 스타트업에 대해 관심을 갖게 되는 거죠. 그러다 보니 자연스럽게 우리나라 청년들도 대학을 졸업하고 난 뒤에 나는 취직을 해야 된다는 생각만 하는 것이 아니라 나는 창업도 할 수 있어 이런 생각도 하게 되는 거지요.

💬 혹시 북유럽을 말씀하셨는데, 북유럽이 특별히 스타트업이 많은 이유가 있을까요?

🎤 스타트업과 관련된 최고의 페스티벌을 하는 곳이 핀란드라는 나라에요. 노키아라는 핸드폰 혹시 아시나요? 한때는 삼성보다 핸드폰 점유율이 높은 회사였는데, 이 노키아가 바로 핀란드 회사거든요. 핀란드는 사회적으로 스타트업을 할 수 있는 환경이 엄청 잘 조성되어 있다고 해요. 그래서 제가 북유럽 쪽을 예로 든 거고요. 앞서 말씀드렸다시피 미래 사회 자체가 스타트업이 나오지 않으면 성장이 안 되는 구조가 되어가고 있어요. 그래서 너무도 유명한 미국의 실리콘밸리 같은 곳에서도 스타트업을 많이 육성하고 있고요, 중국도 마찬가지고요. 우리나라도 같은 맥락이라고 보시면 될 거 같아요. 하지만 그렇다고 우리나라가 해외에 비해 너무 뒤쳐졌다, 늦었다, 이런 건 아니에요. 서울을 비롯해서 대구에서도 저희 센터를 기점으로 해서 좋은 창업 환경들이 많이 조성되고 있어요.

💬 청년 창업을 하시는 분들이 힘들어하는 점이 있다면 어떤 점이 있을까요?

🎤 청년 창업가뿐만 아니라 모든 창업가들이 겪는 어려움이긴 한데요. 실제로 첫 스타트업을 해서 제품이 나와야 하는 그런 아이템이라고 한다

면, 아이템을 개발하고 실제로 팔 수 있는 제품이 나오기까지 많이 힘들어 하세요. 그리고 제품이 나오고 나서도 마케팅과 홍보 활동을 해야 한단 말이죠. 그런데 그 홍보 활동이 오랜 기간 동안 계속해서 돈이 들어가는 일이란 말이에요. 그래서 그런 자금적인 부분도 많이 힘들어해요. 그래서 저희 대구창조경제센터에서 그런 부분에 많은 도움을 주고 있습니다.

💬 그럼 구체적으로 어떤 부분에 도움을 주시는 건가요?

🎤 저희 센터에서 운영하는 프로그램이 굉장히 다양해요. 일반적인 교육 즉, 창업이 무엇인지, 창업했을 때 어떤 것들이 필요한지 기본적인 교육을 해주는 프로그램도 있고요. 창업을 하고 나면 법률적인 자문이나 인증 같은 것들을 일반인이 쉽게 할 수 없기 때문에 그런 것들을 지원 해주는 프로그램도 있고, 그 다음에 어떤 시제품을 만든다거나, 어떤 사업을 할 때, 자금이 필요하기 때문에 그 자금을 지원해주는 프로그램도 있어요. 판로를 개척해야 하는 분들을 위해서 판로를 개척해주는 프로그램도 있고, 사무실 공간이 없는 분들을 위해 사무실도 제공을 해 드

리고 있고, 해외 진출도 도와주는 등 분야별로 다양하게 있습니다. 한마디로 법인 설립부터 글로벌 진출까지, 스타트업이 안정된 기업이 될 때까지 모든 부분을 지원해 드리고 있다 생각하시면 될 것 같아요.

💬 자금 투자는 얼마나 해주나요?

🎙 그것도 어떤 아이템이냐에 다르겠지만 청년벤처창업펀드라는 게 있어서 대구창조경제혁신센터 입주기업이 되면 3차에 걸쳐서 최대 3억원까지 투자를 해드려요. 초기 창업 자금은 일괄적으로 2천만 원을 투자하고요. 기업의 성과에 따라 최대 2억8천까지 추가 투자를 해드립니다. 저희 부서가 운영 중인 C-SEED 사업 같은 경우는 유망한 아이템만 있으면 입주기업이 아니라도 최대 1천만 원까지 지원해 드리고 있어요.

💬 우와. 그렇군요. 그럼 아이디어만 확실하고 사업가 기질이 있다면 얼마든지 창업을 할 수 있는 거네요. 지원을 받는 조건 같은 게 있나요? 혹시 돈이 필요한가요?

🎙 (웃음) 아니요. 돈은 필요 없어요. 창업지원센터잖아요. 말 그대로 지원을 해주는 건데 돈을 받으면 그건 판매죠. 대신 지원을 할 때 저희 쪽에서 평가를 해요. 그걸 통과해야지만 그런 지원을 받을 수 있습니다.

💬 혹시 그밖에 좋은 점들이 있을까요?

🎙 좋은 점은 요즘에 워낙 일자리 문제가 심각하잖아요? 창업을 하면 일자리를 구하러 다니는 게 아니라 아예 일자리를 만들어 버리는 거니까요. 끌려 다니는 게 아니라 끌고 가는 사람이 되지 않을까요? 취업 스트레스를 벗어나서 본인이 하고 싶은 것을, 본인의 아이디어나 기술로, 실제로 본인이 창업을 해서 활동을 하는 거니까 훨씬 자유롭게 능동적

으로 살 수 있을 것 같아요.

💬 대구창조경제혁신센터에서 청년 창업의 성공 사례는 있나요?

🎤 많죠. 하지만 특정 기업을 언급하는 게 조금 조심스럽기는 하네요. 다들 열심히 하시는 분들인데 제가 감히 이건 성공이다, 아니다 말씀드리기가 어렵기는 하네요. 대신 저희 홈페이지에 성과 정보 메뉴를 보시면 성공 스토리가 있어요. 거기에 다양한 성공 기업에 대한 이야기들이 나옵니다. 아까 말씀드렸다시피 가방이나 신발, 의류, 네일 같은 패션 스타트업도 있고요. 스마트폰용 어플 같은 플랫폼 업체도 있고요. 가습기나 블루투스 마이크 같은 IT 기기도 있어요.

💬 청년 창업을 지원을 하시면서 보람을 느꼈던 적이 있나요?

🎤 보람 많이 느끼죠. 스타트업 하시는 분들이 이 모든 과정을 대부분 처음 해보시는 분들이잖아요. 지금부터 뭔가 이루어 가야 하는 분들이

라서 매 순간순간 생각지도 못했던 고민거리가 생기거나, 예상 밖의 일에 부딪히게 될 때가 많아요. 그런데 그렇다고 저희가 그런 걸 저희 선에서 완전히 해결해 드리지 못할 때가 있어요. 하지만, 함께 고민하고 해결하기 위해 노력하다가 뭔가 문제가 해결이 됐을 때 엄청 큰 보람을 느껴요.

💬 청년 창업을 준비하시는 분들께 한 말씀 부탁드립니다.

🎤 저희 대구창조경제혁신센터는 창업에 관한 모든 부분을 지원해 드리고 있습니다. 창업 아이디어가 있다면 언제든지 저희 대구 센터를 찾아주세요. 온라인 상담도 가능하니까요. 그리고 창업과 관련된 많은 공모전과 교육 프로그램이 마련되어 있습니다. 부담 갖지 마시고 언제든지 지원하시고 이용해 주세요. 대한민국의 미래가 여러분들에게 달려있습니다. 파이팅!

　　AI가 인간의 일자리를 빼앗을 것이라는 기사를 본 적이 있다. 실제로도 아마존 같은 곳에서는 로봇시스템이 도입되면서 종업원들이 대량 해고되는 사태가 있었다고 한다. 우리 주변만 살펴보더라도 휴게소나 패스트푸드점에서 계산원들이 사라지고 키오스크로 역할이 대체되고 있다. 우리가 앞으로 취업을 하게 될 곳도 언제 기계가 나의 일을 대체하게 될지도 모른다. 따라서 항상 창의적인 생각으로 직무를 대하고 언젠가 창업을 할 수도 있다는 생각을 가지고 기업가 정신을 기를 필요가 있다. 선생님 말에 따르면 우리나라 중소기업 CEO의 70%가 특성화고 출신이라고 한다. 앞으로 그중 한 사람이 내가 될 때까지 오늘도 열심히 노력해야겠다.

사회문제를 해결하고 싶다면
당신도 사회적 기업가입니다
시간과공간연구소 서원익 팀장

인터뷰 _ 김기환, 김헌진, 윤준홍, 제갈민

Prologue

사회의 문제를 해결하거나 공익을 창출하기 위한 목적으로 사회적인 경제 활동을 펼치는 기업을 사회적기업이라고 한다. 2000년대 후반부터 본격적으로 태동한 사회적 또는 마을 기업들은 일자리 창출, 환경, 빈곤, 지역재생, 문화예술, 공동체 복원 등 우리 사회의 다양한 영역에서 실질적인 기여를 해오고 있다. 출범 초기에는 사회 서비스 제공 및 일자리 창출에 주력했지만 10여 년의 시간이 지난 지금은 창조적 혁신과 대안 경제의 부문으로까지 확산되고 있는 추세이다. 그런데 우리 대구에도 이러한 사회적 기업가를 발굴하고 육성하는 곳이 있다고 하여 찾아가 보았다.

💬 자기소개 해주세요!

🎤 저는 사회적 기업가들을 발굴하고 육성하여 대구의 사회적 경제를 활성화하고 있는 시간과공간연구소 서원익 팀장이라고 합니다.

💬 시간과공간연구소라는 이름이 재미있습니다. 무슨 뜻을 지니고 있나요?

🎤 처음에 시간과공간연구소는 기존에 대구의 근대사와 관련된 건물, 이야기를 발굴하던 일을 하고 있었습니다. 현재 이 공간도 100년 된 건물인데, 북성로가 점차 쇠퇴하면서 사용하지 않고 있던 건물이었지요. 그러던 와중에 시간과공간연구소에서 근대건물과 그 건물에 얽힌 이야기를 복원하는 사업을 하고 있으니 여기서 사회적 기업가를 육성해서 시간, 공간, 사람이 함께 어우러져 북성로를 복원시켜보자는 이야기가 나오게 되었어요. 그러면서 사회적기업 육성사업을 함께 진행하게 되었습니다.

💬 그럼 현재 시간과공간연구소에서 하는 일은 무엇인가요?

🎤 먼저 사회적 기업가를 육성하는 사업으로, 매년 20~30개의 팀들을 모집하여 대구·경북지역의 창업과 사업 아이템들을 육성하고 있습니다. 사회적 기업가 육성사업은 사업적 기업을 하고 싶은 사람들이 사회적기업을 할 수 있도록 인큐베이팅 시스템을 제공하는 것이라고 보면 됩니다. 그래서 2009년부터는 소셜 벤처 경연대회를 진행하고 있습니다. 이 대회는 사회적 기업가 육성사업의 전 단계로 볼 수 있는데요, 사회적기업의 개념과 콘셉트들을 널리 알리고 사회적기업을 운영할 만한 사람들을 발굴하는 단계로, 사회적기업과 사회적 경제에 대한 저변을 확대하기 위해 이 대회를 연다고 볼 수 있습니다.

💬 그런데 솔직히 저는 사회적기업이란 걸 이번에 처음 들어보았어요. 사회적기업이란 무엇인가요?

🎤 사회적기업은 간단히 말해 말 그대로 사회적 가치를 기업 방식으로 운영하는 기업을 사회적기업이라 합니다. 우리가 사회적 가치라 하면 어떤 사회문제를 해결하거나 아니면 우리 그 어떤 공공의 이익을 해결하는 것을 말하는데요. 그러한 문제를 해결할 때 사회적 가치가 드러나게 되지요. 이러한 가치를 달성하기 위해서 기업적인 방식으로, 지속성을 가지고 운영하는 것이 '사회적기업'이라고 합니다.

💬 사람들에게 사회적기업이 잘 알려지지 않은 이유가 무엇이라고 생각하세요?

🎤 사회적기업이 우리나라에서 잘 알려진 지 이제 겨우 10년 정도밖에 안 됐습니다. 그러니까 어떻게 보면 생소한 게 당연한 거죠. 삼성이나 LG, NC, 애플같이 여러분들이 잘 알고 있는 기업들은 영리를 추구하는

회사들이잖아요. 그러다 보니 광고도 많이 하고 홍보도 많이 합니다. 그러니까 일반 사람들한테도 많이 알려져 있어요. 하지만 사회적기업들은 이제 나온 지도 얼마 안 됐고, TV에 광고를 할 수 있을 만큼 규모가 큰 기업들이 아직 안 생겼어요. 그러다 보니 일반 사람들한테 많이 안 알려지는 게 당연합니다. 하지만 문재인 대통령께서 당선되셨을 때 사회적기업을 육성하겠다는 공약도 하셨고, 이와 관련된 정책적인 발표도 이어지고 있기 때문에, 지금 굉장히 많은 사회적기업들이 생겨나고 있는 추세입니다.

💬 그런데 저는 일반 기업이 필요한 건 알겠지만, 사회적기업이 왜 필요한지는 솔직히 잘 모르겠어요. 사회적기업이 존재해야 하는 이유는 무엇인가요?

🎤 방금 말씀드렸다시피 영리를 추구하기 위해서 비즈니스를 하는 단체가 기업이고 이 기업의 대척점에 있는 것이 영리를 추구하지 않는 비영리 단체 혹은 비정부 기구라고 할 수 있어요. 이러한 비영리 단체들의 목적은 사회 가치의 실현입니다. 그런데 이 단체들은 사회문제를 해결하거나 공공의 이익을 만들어가기 위해 기부나 모금 활동에 의존하고 있어요.

하지만 사회적기업은 그렇지 않습니다. 비영리 단체와 기업의 모습이 반반씩 섞여 있다고 보면 됩니다. 그러니까 사회적 목적을 해결한다는 점에서는 비영리 단체와 비슷하지만, 이 목적을 해결하기 위해서는 기업적인 방식, 비즈니스적인 방식을 이용합니다. 사실 일반 비영리 단체나 비정부 기구들이 활동하는 캠페인 같은 건 한계가 있습니다. 기부나 모금이 잘 안 되면 자금이 부족하니까 한계에 부딪히게 되지요. 만약 그렇게 되면 그들이 만들어내는 사회적 가치가 없어져 버릴 수도 있습

니다. 그런데 사회적기업은 자신들이 목적으로 하는 사회적 가치를 계속 지속적인 비즈니스 형태로 만들어내기 때문에 장기적으로 볼 때 사회적 가치의 실현을 위해서는 사회적기업이 좀 더 파급력이 있고 효과가 있습니다. 그래서 앞으로는 사회적기업이 사회적 문제를 해결할 수 있는 좋은 대안이 될 것이라 생각합니다.

💬 일반 기업을 창업하는 것과 비교할 때 사회적기업의 장단점은 무엇일까요?

🎤 장점과 단점이란 게 원래 보는 시각에 따라 달라질 수 있는 건데요. 만약 기업의 영리 목적이나 이익에만 가치를 둔다면 사회적기업은 별로일 수 있겠지요. 사업의 성과라든지 기업이 벌어들이는 이익이 적을 수 있으니까요. 하지만 사회적기업은 이익을 극대화하는 게 목적이 아니잖아요. 그러니까 생각하기에 따라선 영업이익이 적은 건 문제가 되지 않을 수도 있어요. 사회적기업은 사회적 가치 실현에 목적이 있기 때문에

사회적 가치의 극대화를 위해 노력합니다. 따라서 사회적기업이 많아지면 많아질수록 우리가 사는 사회가 더 좋아지고 개선되고 좋은 방향으로 흘러갈 수 있어요. 우리가 자본주의 사회에 살다 보면 물질 만능주의에 빠지게 되는데 사회적기업을 운영하게 되면 공동체나 사람에 더 중심을 둘 수 있는 사고를 가질 수도 있게 되겠지요. 이런 것들이 장점이라 할 수 있겠습니다.

💬 사회적기업이 뭔지 대충은 알 것 같은데 구체적인 사례가 있으면 좋을 것 같아요. 혹시 저희가 알만한 사회적기업이 있을까요?

🎤 음...... 아실만한 사회적기업이 뭐가 있을까요? BTS 아시죠? 방탄소년단이요. 얼마 전에 방탄소년단이 매고 나서 유명해진 가방이 있어요. 그 가방이 자동차에 있는 가죽시트를 재활용해서 만든 가방이었어요. 기존의 폐기물을 재활용해서 다시 더 좋은 제품으로 더 거듭나게 하는 작업을 업사이클링이라고 하는데요. 리사이클링이라는 말도 있지만 리사이클링보다 더 업그레이드해서 다시 사용한다는 뜻에서 업사이클링이라고 해요. 어쨌든 이렇게 가죽시트를 업사이클링해서 가방을 만드는 기업이 있어요. 그런 회사도 사회적 가치를 실현하기 때문에 사회적기업이라고 할 수 있지요. 그리고 미스에이의 수지가 예전에 위안부 할머니들이 디자인한 핸드폰 케이스를 하나 들고 나왔어요. 이처럼 위안부 할머니들의 작품으로 케이스라든지 아니면 그런 팬시용품을 만든 기업이 있었습니다. 이런 기업들도 사회적기업이라 할 수 있습니다.

💬 그러면 사회적기업도 일반 기업처럼 제조 같은 걸 하기도 하는 거네요.

🎤 네. 사회적기업도 얼마든지 제조를 할 수 있어요. 제조뿐만 아니라 마케팅이나 홍보 활동도 하고, 영업활동도 하고, 기획 활동도 하는 등

일반 기업들하고 똑같이 활동을 해요. 다만 기업의 목적 자체가 다른 거예요. 사회적기업은 일반적으로 우리가 생각하는 기업들의 일을 똑같이 하고 있습니다. 그래서 일반 기업하고 활동하는 것이나 이익을 내는 구조는 똑같아요. 다만 그 사회적기업의 목적이 이윤의 극대화가 아니라 사회문제 해결을 위해서라는 거예요. 일반 기업은 이윤이 나지 않으면 사업을 하지 않지만 사회적기업은 사회적 가치 실현을 위해서 이익이 나지 않아도 사업을 지속합니다.

💬 이제 조금 감이 잡히는 것 같습니다. 그럼 사회적기업을 하려면 어떻게 해야 하나요?

🎤 이게 좀 주의할 게 있어요. '나는 좋은 목적으로 사업을 하니까 내가 만든 회사는 사회적기업이다.'라는 생각을 가지고 '우리 회사는 사회적기업입니다.'라고 문구를 달고 홍보하면 정부에서 벌금을 받아요. 우리

나라 같은 경우에는 일정한 요건을 갖춰서 정부의 인증이나 지정을 받아야 사회적기업이 될 수 있어요. 외국 같은 경우엔 조금 다르거든요. 특별하게 인증이나 지정을 받지 않아도 기업의 목적 자체가 사회적 가치를 실현하는 것이라면 사회적기업이 될 수 있어요. 그런데 우리나라는 아무리 좋은 목적을 가지고 기업을 운영한다고 하더라도 정부의 인증 등을 받아야만 사회적기업이 될 수 있습니다.

💬 그럼 정부에서 인증이나 지정을 해 준다면 사회적기업을 운영할 때 받는 혜택도 있나요?

🎤 네. 정부에서 일정 부분 지원을 해줍니다. 우선 사회적기업에서 채용하는 직원들에 대한 인건비 일정 부분을 국가로부터 지원을 받아요. 그리고 사회적기업들이 세운 상품을 개발 계획이 정부의 심사를 통과하게 되면 사업화 개발에 대한 지원비도 받을 수 있습니다. 그와 더불어서 법인세 감면 혜택이라든지 아니면 4대 보험 비용 일정 부분을 정부에서 보조를 해주는 지원체계도 있습니다. 하지만 정부 지원만이 사회적기업의 좋은 점이 아니에요. 일단 돈을 위해서가 아니라 사회적으로 어떤 좋은 일을 하기 위해서 기업을 운영하는 거잖아요. 그러니까 일반 사람들에게 좋은 일을 하는 기업, 좋은 사업가로 인식될 수 있어요. 정부에서 주는 혜택보다 저는 그런 점이 더 큰 장점이라고 생각합니다.

💬 사회적 기업가를 육성하기 위한 대회가 있다고 들었습니다.

🎤 네. 맞아요. 매년 소셜벤처경연대회를 열고 있습니다. 청소년 부문도 접수를 받고 있어요. 그러니 관심이 있는 친구가 있다면 꼭 참가해보시면 좋을 것 같아요. 소셜벤처경연대회는 2009년부터 시작된 대회예요. 사회적기업에 대한 개념 보급과 사회적 기업가 육성을 위해 만들어

진 대회인데요. 실제로 많은 사회적 기업가와 사회적기업이 이 대회를 통해 생겨났지요.

💬 사회적 기업가 육성사업에 도전하고자 하는 이들에게 해주시고 싶으신 말씀이 있으신가요?

🎤 먼저 누구나 사회적 기업가가 될 수 있다고 말씀드리고 싶습니다. 꼭 기업 활동을 하지 않더라도 내가 사회문제에 관심을 가지고 문제를 내 방식대로 해결하고 싶다면 저는 이미 그분을 사회적 기업가라고 말하고 싶어요. 그러면서 그 생각을 기업화하고 실천해 나간다면 진짜 사회적 기업가가 될 수 있겠지요. 사회적 기업가는 누구나 될 수 있고, 사회적 문제를 해결하고자 하는 사명감, 절실함, 진정성을 가지고 시작하는데 아무런 문제가 없다고 봅니다. 이와 더불어 혁신적인 아이디어, 아니면 조그만한 아이디어라도 있으면 바로 출발할 수 있습니다. 사회적

기업가 육성에 관심이 있으신 분들은 시간과공간연구소에 오시면 기업으로 성장할 수 있도록 인큐베이팅을 해드리기 때문에 고민하지 마시고 언제든지 문의해주시길 바랍니다.

세상에는 많은 기업이 있지만 그중에서도 착한 기업이 따로 있다는 걸 알게 되었다. 이렇게 착한 기업이 바로 사회적기업이었다. 처음에 설명을 들을 때만 해도 사회적기업은 사회적으로 좋은 일을 하기 위해 이윤을 추구하지 않는 기업인 줄 알았다. 하지만 팀장님의 설명을 듣고 보니 사회적기업도 이윤을 추구하지만 회사가 공익을 위한 올바른 가치를 가지고 있느냐가 가장 중요하다고 하였다. 그러면 세상의 모든 기업이 사회적기업이 될 수는 없을까? 아직까지는 착한 기업을 따로 분류해야만 하는 현실이 안타까웠다. 세상 모든 기업이 착한 기업이 되는 멋진 사회가 되길 응원해본다.

03

더불어 살아가는 올바른 세상을 만드는 사람들

장애인 복지의
최종 목적은 자립입니다
요한의집 정병진 사회복지사

인터뷰 _ 이윤영, 박현빈, 박기환, 정현수

Prologue

'장애인차별금지법'은 2007년 4월 10일 제정되어 정확히 1년 후인 2008년 4월 11일부터 시행되었다. 장애인에 대한 사회적 편견을 해소하기 위해 법 제정이 필요할 만큼, 당시 우리 사회가 성숙하지 않았던 까닭이다. 이제 그로부터 10년이 더 지났다. 그렇다면 지금은 장애인에 대한 편견이 해소된 사회가 되었을까? 나는 아직도 그런 사회가 되지는 않았다고 생각한다. 장애인 중 10명중 9명은 '후천적 장애인'이라고 한다. 누구나 장애인이 될 수 있다는 말이다. 함께 살아가는 동반자로서 장애인에 대한 인식 개선이 필요한 시점이다.

💬 자기소개 부탁드립니다.

🎙 안녕하세요. 저는 성요한복지재단 요한의집에서 지적장애인들 돌보고 있는 사회복지사 정병진이라고 합니다.

💬 사회복지사란 무엇을 하는 직업인가요?

🎙 사회복지사는 청소년, 노인, 여성, 가족, 장애인 등 다양한 사회적, 개인적 문제를 가진 사람들을 대상으로 사정과 평가를 통해 문제 해결을 돕고 지원하는 역할을 하는 사람을 말합니다. 사회적, 개인적 문제로 어려움에 처한 의뢰인을 만나 그들이 처한 상황과 문제를 파악하고, 문제를 처리, 해결하는 데 필요한 방안을 찾기 위해 관련 자료를 수집, 분석하여 대안을 제시하는 역할을 하는 직업입니다.

💬 네. 알겠습니다. 그럼 선생님은 그중에서도 장애인을 대상으로 하시는 건가요?

🎙 네. 방금 말씀드린 사회복지사는 큰 의미의, 사전적 의미의 사회복지사라 생각하시면 되고요. 제가 지금 근무하고 있는 분야는 많은 사회

복지 영역들 중에서 장애인 영역, 그중에서도 발달장애인들과 함께 생활하는 파트라 보시면 됩니다.

💬 장애인분들을 대상으로 하면 안타까운 마음이 들 때가 많을 것 같아요. 그분들을 보면서 안타까웠던 점은 무엇인가요?

🎤 사회복지사로서 안타까웠던 점은 참 많은데, 시간이 지나고 보니 그게 그렇게 안타까운 일만은 아니라는 생각이 들기도 하네요.

제가 이곳에 처음 입사를 하고 여기 계신 입주민들과 함께 살아가게 되면서 이분들이 평생 장애를 가지고 살아가야 한다는 것이 처음에는 많이 안타까웠습니다. 일단 많이 불편하기도 하고 특히 사회적으로 배제되어 격리되어 살아가야 하니까, 그게 참 안쓰러웠지요.

장애인들은 유형이 총 15가지로 나누어지는데요. 그중에서 신체 장애인들은 겉으로 딱 봐도 어디가 얼마나 불편한지 어느 정도 알 수가 있어요. 사실 이런 분들은 티가 나니까 예전보다는 사회적 배려가 많이 이루어지는 편이지요. 예를 들어 휠체어 장애인들이 지나가면 사람들이 길을 비켜 주기도 하고요, 배려해 주기도 하지요. 이런 분들이 생활하는 건 실제로 많은 부분에서 사회적인 법과 제도 그리고 편의시설 같은 것들이 많이 바뀌었어요.

그런데 지적장애인들은 사실 말 안 하고 그냥 지나가면 모르세요. 그렇기 때문에 아직까지는 사람들이 지적 장애인을 제대로 알고 이해하지 못하고 '함께 살아간다'라고 인식하는 부분이 아직 많이 부족한 거 같아요. 그런 부분이 많이 안타깝고 그렇습니다.

하지만 지금은 장애라고 해서 그것이 특별한 것이 아니라, 단지 우리와 조금 다른 것일 뿐이라고 생각을 합니다. 그렇기 때문에 특별히 장애인, 비장애인 이렇게 구분하기보다는 우리와 똑같지만, 단지 장애를 가진 동등한 사람으로 생각을 합니다. 그래서 지금은 이분들이 특별히 안타깝다고 생각하기보다는, '함께 살아가는 데 집중을 하고 있다' 그렇게 말씀을 드리고 싶습니다.

💬 과거에 비해 장애인을 보는 시선이 달라졌다고 말씀하셨는데, 구체적으로 어떻게 달라졌다고 생각하시나요?

🎙 저희가 장애인 관련 기관에 근무하고 있기는 하지만 장애인을 바라보는 시선이 얼마나 나아졌는지 알 수 있는 방법이 사실 그렇게 많지는 않아요. 조사 자료 같은 것이 있는지는 모르겠지만, 제가 지금 알고 있지는 않네요. 굳이 알 수 있는 방법이라고 하면 제가 처음 여기 입사했을 때와 비교해 봤을 때 이 주변 상가나 주민들만 해도 확실히 좀 달라졌다는 생각이 들어요. 장애인분들이 활동을 하고 있을 때도 그렇고, 장애인분들에 대해 말씀하시는 것도 그렇고, 바라보는 시선이나 태도에서 확실히 변화가 있다고 생각합니다. 하지만 수치적으로 어떻게 변화가 되었나를 말씀드리기는 좀 어렵습니다. 그리고 '과거에 비해'라고 질문하셨는데, 사실 '과거'의 기준이 조금 애매하기도 해요.

하지만 통상적으로 장애인에 대한 인식 쪽으로 교육을 받으러 다니다 보면, 1988년 서울올림픽 전후를 기준으로 나누는 경우가 많아요. 왜 그러냐 하면 1988년 올림픽이 시작되기 전에는 사람들이 사실 장애인에 대해 관심이 크게 없었거든요. 분명 우리와 함께 살아가고는 있지만, '이 사람들은 어딘가에서 살고 있겠지.' 혹은 '이 사람들은 우리와 조금 다른 사람이구나.' 이런 인식이 많이 깔려 있었어요.

그런데 서울올림픽이 끝나고 패럴림픽을 하게 됩니다. 그런데 그 대회 또한 서울올림픽에 이어 성공적으로 치르게 되거든요. 그러면서 많은 사람들이 방송 매체나 신문과 같은 것들을 통해서 '장애인들도 저런

운동을 하나?' '장애인들도 저런 활동들을 하나?' 이러면서 장애인들에
대한 관심이 많아지게 되었습니다. 그래서 그때부터 아마 장애인에 대
한 대중들의 관심이 생기고 그게 장애인에 대한 인식 개선의 시작점이
되지 않았나 그렇게 생각을 하고 있습니다.

아, 그리고 예전에는 장애를 가진 사람들을 분리시키고, 배제하고,
요즘의 노 키즈 존처럼 장애를 가진 사람들은 못 들어오게 하는 경우가
많이 있었거든요. 그런데 지금은 그 정도는 아니에요. 이제는 많은 사람
들이 장애인들을 어느 정도 인정하고 함께 살아가는 사람으로 인식하고
계시다고 생각합니다. 얼마 전에 저희 재단에서 대구가톨릭대 인성교육
부 학생들을 상대로 장애인 인식개선 강의를 했는데요. 대학생들이 장
애인을 바라보는 시선이나 인식들도 상당히 많이 바뀌었다는 생각이 들
었어요. 왜 그런가 했더니 요즘 젊은이들은 일찍부터 그런 교육을 받아
왔더라고요. 초등학생 때 장애 체험을 해 본 사람도 있고, 중고등학생

때 장애인 시설 같은 곳에서 장애인들과 만날 기회들도 많았어요. 고등학교에 도움반 같은 곳이 생기면서 학교 안에서도 장애인들을 만날 기회가 많아지다 보니까 점차 장애인들도 사회의 한 구성원으로 우리와 함께 살아가고 있다는 생각을 많이들 가지고 있다는 생각이 듭니다.

💬 그럼에도 불구하고 여전히 장애인들을 꺼려하는 사람들이 있는 것 같다는 생각이 들기도 하는데요. 이 점에 대해 선생님의 생각은 어떠신가요?

🎤 그건 이렇게 생각하시면 될 거 같아요. 예를 들어, 학생이 길을 가다 강아지를 보고, 막 피해가거나 도망가는 경우가 있을 거라고 생각해요. 그러면 그 사람의 인식 속에는 강아지에 대한 부정적인 인식이 있는 거예요. 어렸을 때 개한테 물렸거나 등등, 부정적인 인식을 갖게 된 계기가 있을 거예요.

장애인에 대한 부정적인 인식을 가진 경우도 마찬가지입니다. 단순히 '그냥 나와 달라서' 아니면 '내가 도와줘야 하니까' '불편하니까'라는 생각이 있는 거죠. 사실 여기에는 언론의 영향도 좀 있다는 생각도 들어요. 장애인들도 나름대로 열심히 하나의 주체로서 살아가고 있는데, 이런 면을 비추기보다는 아직까지도 언론에서는 장애인들은 우리가 도와줘야지만 되는 존재인 것처럼 보여주고 있거든요. 유니세프와 같은 것을 보면 아예 노골적으로 '사랑의 손길을 내밀어 주세요.' 뭐 이러잖아요.

물론 좋은 취지로, 사람들의 마음을 이끌어 내기 위해서 그런 방법을 쓰고 있는 거겠지만, 그러다 보니 장애를 가지고도 열심히 살아가고 있는 게 부각되기 보다는 오히려 돈이 부족해서 좀 도와달라고 하는 것처럼 생각하게 되지 않았나 하는 생각이 들기도 합니다.

그리고 정신 장애 같은 경우에도 좋은 사례보다는 정신분열증 같은,

지금 말로는 조현병 같은 것을 자꾸 비추면서 부정적인 정보 전달을 많이 하고 있거든요. 그러다 보니 정신 장애인들도 분명 오해를 받고 손해를 보는 부분이 있다 생각합니다.

저는 장애인에 대한 부정적인 인식을 가지고 있는 사람들에게 자주 장애인을 접할 수 있는 기회가 많이 만들어지는 게 필요하다고 생각해요. 장애인에 대한 인식이 없는 것보다 더 힘든 것이 장애인에 대해 부정적인 생각을 가진 사람을 가진 사람들이거든요. 이런 분들의 생각을 바꾸는 게 참 어려운 것 같아요. '우리 동네에 장애인이 있었나?' 라는 분들은 함께 살고 있다고 인식시키기만 하면 되는데, 아예 부정적인 인식을 갖고 있는 사람은 생각을 바꾸기가 정말 많이 힘들어요.

사실 이런 분들은 대부분 잘못된 정보에 의해서 부정적인 인식을 갖고 있는 경우가 많거든요.

하지만 그럼에도 불구하고 우리는 함께 살아가야 하는 존재입니다. 좁게는 우리 동네, 우리 지역에서, 우리나라에서, 넓게는 전 세계적으로 함께 살아가야만 합니다. 저는 그러기 위해서라도 사람들에게 장애인에 대한 인식 개선을 위해 지속적으로 사회가 노력을 해야 한다고 생각합니다.

💬 뉴스를 보다 보면 가끔 장애인을 이용해서 부당이득을 취하는 사람들의 소식을 듣게 되는 경우가 많습니다. 이에 대해 어떻게 생각하시나요?

🎤 음...... 장애인 연금을 갈취한다거나, 염전 노예, 노동 착취 그리고 또 가축농장에서 지적 장애를 가진 분들을 노동 착취나 금전적인 착취를 하는 그런 경우를 말씀하시는 것 같네요. 우선은 그 착취를 하고 있는 그 당사자가 사람을 존중하지 않는다고 저는 생각합니다. 앞서도 말씀드렸듯이 장애인, 비장애인을 떠나서 장애인 착취나 비장애인 착취,

저는 그것들이 다 똑같다고 생각합니다. 상대방을 존중하지 않아서 그런 행동을 하는 것 같아요.

💬 친구들 이야기를 들어보면 장애인을 대할 때 어떻게 대할지 몰라서 힘들다고 하는데, 장애인은 어떤 마음가짐과 어떤 생각으로 대해야 하나요?

🎤 특별히 장애인을 대하기 쉬운 방법은 없는 것 같아요. 사람의 마음을 얻는다는 게 참 어려운 일이죠. 앞에서 말씀드렸듯이 현재 우리나라에 총 15가지 유형의 장애인이 있거든요. 그래서 장애인과 진정으로 함께 살아가기 위해서는 각각의 장애를 가지고 살아가는 사람들의 특성을 알아야 된다고 생각해요.

만약에 제가 학생하고 가까이 가고 싶거나 친해지고 싶으면 젤 먼저 '학생, 좋아하는 게 뭐예요?', '게임 좋아하면 피시방 갈래요?'처럼 서로 소통을 해요. 그러면 자연스럽게 관심사가 같아지게 되고 학생과 이야기하거나 활동을 하게 되면 제가 느낄 거예요. '아, 이 아이는 내가 길에 침 뱉는 것을 굉장히 싫어하구나.' 이런 것들을 이제 제가 느끼게 된단 말이에요.

장애를 가진 사람들도 저는 마찬가지라고 생각합니다. 이분들과 가까이 다가가 소통하기 위해서는 일단 이분들을 알아야 된다고 생각해요. 그럼 어떻게 알아내느냐? 15가지의 장애인 유형을 가진 장애인을 일일이 다 만나서 알아봐야 되는데 사실 그건 쉽지 않아요. 처음 사회복지를 시작하고 발달 장애를 가진 장애인들하고 10년을 살아온 저도 다른 장애를 가진 분들과 관계를 맺으려면 그 장애를 가진 분들에 대해 더 많이 알아야 하거든요. 물론 제가 사회복지 일을 하고 있기 때문에 이런 장애를 가진 분들에게는 어떻게 하는 것이 예의에 어긋나지 않고, 저런 장애를 가진 분들에게는 어떻게 하는 것이 에티켓을 지키면서 관계를 맺는 거라는 걸 대략적으로 알고 있지만 그래도 참 어려운 일이에요.

만약 제가 다음 주에 어딘가로 교육을 하러 갔을 때, 거기에 앉아있는 분들 중에서 시각장애인이나 언어장애인이 있을 수도 있잖아요. 제가 그분들에 대해서 잘 모르면 스크린을 띄우고 강의를 하거나 언어장애인께는 계속 질문을 하는 문제가 생길 수 있어요. 그럼 그분들은 힘들잖아요. 언어장애 분들은 그들이 표현할 수 있는 보조공학기기를 이용해서 표현할 텐데 제가 그분들에 대해서 잘 모르면 그분들과 가까워질 수가 없다는 거예요.

그러니까 친구들이 장애인에게 어떻게 다가가야 할지 몰라서 힘들어한다면 인터넷을 검색해 보세요. 간단하게 정리해서 잘 나와 있어요. 아니면 유튜브 동영상이나 이런 것들을 보면 시각장애인을 대할 때, 청각장애인을 대할 때 같은 것들이 잘 설명되어있기 때문에 그런 것들을 보고 사람 대 사람으로 다가가는 것이 필요하다고 생각합니다.

💬 사회복지사 일을 하면서 제일 힘들었던 점은 무엇인가요?

🎤 아무래도 사명감 같은 것 때문이라고 힘든 것 같아요. 사회복지사의 입장에서 장애인 복지의 최종목표는 장애인이 스스로 자립 생활이 가능한 것이거든요. 그런데 자립이라고 하면 아침에 일어나서 세수하고 눈곱 떼고 이런 개인위생, 혹은 식사할 때 손으로 먹지 않고 수저와 포크를 사용하여 식사하는 것, 아주 의식주 중에서도 기본적인 것, 옷을 뒤집어 입지 않고 바로 입을 수 있고, 양말을 거꾸로 신지 않고 신발도 좌우를 보고 신을 수 있고 그런 부분을 일단 좁은 의미의 자립이라고 생각을 해요. 거시적인 입장으로 봤을 때는 직업 생활 그리고 자립 생활 등등이 있을 거예요. 자립을 하기 위해서는 음식을 만들어 먹을 수 있어야

하고, 시간이 되면 내 방도 청소할 줄도 알아야 되고, 그리고 자립을 하려면 돈이 필요할 거예요. 그러면 내가 직업 생활을 통해서 정기적인 수입도 생겨야지 자립 생활도 할 수 있을 거라 생각합니다.

그래서 사회복지사는 뭔가를 알려주고 조금이라도 변화를 바라는 데 장애를 가진 당사자가 '나는 싫다.'라고 거부하거나 불편해하고 힘들어할 때가 사회복지사로서 조금 힘든 시기인 것 같아요. 당사자가 변화의 의지를 보이지 않거나 아니면 오랜 기간 함께 했음에도 어떠한 변화도 보이지 않을 때 그럴 때 조금 힘들다고 생각해요.

특히나 여기 머물고 있는 발달 장애를 가진 분들 같은 경우에는 의사소통이 어려운 경우가 많습니다. 그래서 본인들의 의사를 정확하게 언어적으로 표현하지 못하고 다른 방법으로 많이 표현을 해요. 그게 공격적인 행동이 될 수도 있고요, 자해 혹은 소리를 지른다거나 하는 방법이 될 수도 있어요. 장애를 가진 분들이 이런 식으로 표현하면 조금 힘이 듭니다. 당사자는 저한테 계속 무언가를 말을 하고 있어요. 예를 들면 손등을 깨물면서 내가 지금 배 아프다는 것을 계속 이야기하고 있는 거예요. 그런데 저는 알아들을 수가 없거든요. 그래서 그런 부분들이 조금 힘들다고 생각을 합니다.

💬 그렇다면 힘든 것과 달리 보람 있는 일은 무엇인가요?

🎤 앞 질문에서 나온 일과 반대의 경우에서 보람이 많이 생기죠. 살다 보면 보람을 느끼는 경우가 참 많이 있어요. 상사한테 칭찬을 받는 것도 보람이고 동료들한테 인정받을 때도 보람을 느끼죠. 하지만 궁극적으로 사회복지사로서 여기에 있는 동안에 입주민들이 자립 생활에 조금이라도 변화를 보일 때, 그때가 가장 큰 보람이예요.

식사를 할 때 포크 사용하는 방법을 알려주려고 6개월 동안 지도를 해요. 근데 지적 장애인분들은 세밀한 소근육이 다른 분들에 비해서 조금 부족하거든요. 그래서 포크를 잡는데 아무리 알려줘도 음식을 못 찍는 거예요. 그런데 어떤 선생님이 관찰을 제대로 한 거예요. '포크의 각도가 지금 안 맞다.' 이걸 알아챈 거죠. 보통 포크는 일자로 되어 있잖아요. 그런데 이 포크의 앞을 구부리니까 다 찍어 드시더라고요.

그리고 대중교통 이용하는 방법을 알려줬는데 목적지까지 스스로 갈 수 있고 내리는 일을 한두 번 해서 될 건 아니거든요. 만약에 글씨를 못 읽는 분한테 어느 정류장에서 내리라고 하면서 지하철역 팻말을 계속 보여주면 효과가 크지 않아요. 대신 지하철 안내음성을 녹음해서 계속 들려주면서 '이 소리가 나면 내리면 됩니다'라고 알려주고 계속 관찰을 하는 거예요. 지하철 안내음성이 나오면 가만히 있다가 어디서 많이 듣던 거여서 내려요. 이제 그런 식으로 입주민들의 자립에 대해서 교사들이 동반하고 교육을 했을 때 조금이라도 변화가 일어나면 그때 가장 큰 보람을 느낍니다.

💬 다시 직업을 선택할 기회가 있다면 다시 이 직업을 선택 하실 건가요

🎙 사실 인터뷰의 취지로 본다면 '저는 다음에 다시 태어나도 사회복지사를 할 겁니다.' 이렇게 대답해야 맞겠지만 저는 이렇게 생각합니다. 사회복지 일도 나 아닌 다른 사람을 위해서 노력하고 거기서 보람을 찾는 일이지만 사회복지 일이 아니더라도 그런 일은 많다고 생각해요. 가령 제가 공사 현장에서 일을 한다고 해도, 이런 일도 더 넓은 의미에서 보면 결국 누군가를 위해서하는 거잖아요. 제가 일을 하면 누군가는 따뜻한 집에서 살 수 있는 거니까요. 그런 의미에서 저는 남을 위해 살 수 있는 일이라면 뭐든 상관없어요. 하지만 만약에 또 사회복지 일을 하게 된다면, 아까 사회복지영역 안에서도 종류가 많다고 했잖아요. 다른 사회복지 영역을 해보는 것도 괜찮을 것 같아요.

💬 사회복지사를 추천해주고 싶은 사람이 있다면 어떤 사람인가요?

🎙 주변에 굉장히 다양한 사람들이 있죠. 머리로 고민하는 사람이 있고 몸을 움직이는 스타일이 있고 아니면 그냥 사람들을 따라가는 사람이 있는 등 참 다양한 유형들이 있어요. 하지만 어떤 유형의 사람이든 저는 사회복지사가 되는 데 문제가 없다고 생각합니다.

왜냐하면 다른 사람의 의견에 잘 따라가는 사람들은 누군가가 좋은 의견을 내면 뒤에서 도움을 잘 주기 때문에 그런 사람도 필요해요. 전부 다 자기주장만 옳다고 하면 배가 산으로 가잖아요. 그래서 저는 이런저런 사람이 다 필요하다고 생각합니다. 전부 다 머리로 고민만 하고 있고 움직이는 사람이 아무도 없으면 안 되잖아요. 그리고 너무 활동적인 사람들만 있어도 아마 굉장히 복잡할 겁니다. 그래서 어떤 유형의 사람이

든, 누가 와도 관계가 없다고 저는 생각합니다.

하지만 사회복지사가 되기 위해서 가장 중요한 것은 사람을 존중하는 마음을 가져야 한다고 생각해요. 저는 신입직원 교육 때 가장 중요한 것은 인식과 태도라고 이야기합니다. 사람을 바라볼 때 어떤 인식을 가지고 어떤 태도로 대하느냐가 가장 중요한 거예요. 저는 복지관에 오는 사람은 최소한 사람을 귀하게 여길 줄 아는 사람이어야 하고, 그리고 인식과 태도가 바로 되어야 한다고 생각합니다. 다른 능력이나 학업 같은 부분들은 입사 후에 공부해도 돼요. 그런데 만약 인식과 태도가 사람을 존중하지 않는다면 이 사람은 석, 박사라고 해도 여기 맞지 않는 사람인 거죠.

💬 마지막으로 영남공고 학생들에게 하고 싶은 말씀 있으신가요?

🎤 최근에 학교뿐만 아니라 어린이집, 유치원, 기업 등 다양한 곳에서 장애인 인식개선에 대한 여러 가지 교육이 이루어지고 있고 관심도 높아지고 있는 것 같습니다. 그런데 저는 장애를 가지고 살아가는 사람들에 대한 인식이 하루아침에 변화되고 개선되기는 쉽지 않다고 생각합니다. 장애인 인식개선 교육을 1시간 듣고 장애를 가진 사람들에 대한 선입견이나 편견을 가지지 않고 함께 살아갈 수 있다면 얼마나 좋을까요? 하지만 저는 1시간 교육으로는 좀 어렵다고 생각합니다. 왜냐하면 사회복지사로 일하고 있는 저도 매번 매 순간 인식의 변화를 하려고 노력을 하고 있거든요. 저도 장애를 가지고 살아보지 않아서 비장애인의 시선에서 장애인을 바라보고 살아가고 있기 때문에, 자칫 잘못하면 제 인식도 부정적인 쪽으로 가기 쉽습니다. 그렇기 때문에 항상 긍정적인 인식을 가질 수 있도록 노력을 많이 하고 있습니다. 그래서 제가 하루아침에 바뀌는 것이 어렵다고 말하는 겁니다.

그렇지만 장애인들이 우리 주변에서 항상 함께 살아가고 있다고 생각을 하면 장애인, 비장애인 구별이 없는 따뜻한 환경이 되지 않을까요? 그러기 위해서는 학생 여러분들도 다양한 사회복지현장에서 많은 경험을 할 필요가 있다고 생각합니다. 제가 아무리 이야기를 해도 직접적으로 장애인 당사자를 만나보지 않으면 모릅니다. 그래서 인식개선의 첫걸음은 장애인들을 자주 접하는 거예요. 왜냐하면 여기 주변 사람들에게 아무리 인식개선을 이야기해도, 밖에 장애를 가진 사람이 자꾸 돌아다니고 마주치지 않으면 나아지지 않아요. 그래서 저희는 항상 슈퍼 갈 때도 같이 가고 은행도 같이 가면서 '우리 동네에 지적장애인들이 살았네'라고 주민들이 알 수 있도록 합니다. 거기서부터 인식개선이 시작되는 거예요.

인터뷰를 마치고 학교 친구들 이삼십 명이 요한의집을 방문하여 봉사 활동을 실시하였다. 요한의집에서 장애인들을 돌보는 활동도 하고 청소 봉사도 하였다. 사회복지사 선생님의 말씀처럼 장애인에 대한 인식을 개선하기 위해서는 장애를 가진 분들을 자주 만나보고 실제로 접해봐야만 할 것 같다는 생각이 들었다. 그동안 학교에서 방송 교육을 해도 사실 귀 기울여 듣지 않았다. 그런데 막상 봉사를 하러 와보니 장애인들이 얼마나 불편하게 살고 있는지 확실하게 알게 되었다. 백 번 보고 듣는 것보다 한 번 겪어보는 게 낫다는 말이 무슨 말인지 알겠다. 그리고 장애인 분들이 정말 도움이 많이 필요한 사람들이라는 걸 알았다. 이분들을 무섭고 피해야 할 대상처럼 생각했던 지난날이 부끄럽게 느껴졌다. 앞으로도 기회가 된다면 또 봉사 활동을 하고 싶다. 매우 뜻 깊은 경험이었다.

여러분도 경찰관이
될 수 있습니다

대구수성경찰서 이승원 경찰관

인터뷰 _ 정현우, 김정민, 이승준, 오동규

Prologue

대구는 교육열이 상당하고 그만큼 교육경쟁이 매우 심한 도시로 알려져 있다. 하지만 산이 높으면 골이 깊다고 했던가, 교육에 대한 관심이 높은 만큼 청소년들의 어두운 면도 적지 않게 존재한다. 가끔씩 뉴스에 등장하는 대구지역 학생들의 범죄 소식은 이게 우리 주변에서 일어나고 있는 일이 맞나 깜짝 놀랄 지경이다. 우리는 대구수성경찰서에 방문해 우리 학교의 학교 전담 경찰관인 이승원 경찰관님을 만나 보았다. 우리는 최근의 청소년 범죄와 심각성, 유형, 그리고 학생이 하는 범죄 중 기억에 남는 사건 등에 대해 들어보고 경찰이 되는 방법에 대해서도 알아보았다.

💬 먼저 자기소개 부탁드립니다.

🎤 네. 안녕하세요. 저는 수성경찰서 아동청소년계에 근무하고 있는 이승원 경찰관입니다. 영남공업고등학교 학교 전담 경찰관이기도 합니다.

💬 학교 전담 경찰관으로 근무하게 된 계기가 있으신가요?

🎤 저는 과거 약 15년 동안 교통계에서 근무를 했습니다. 그런데 어느 날 문득, 나이가 들어서일까요? 친구들과 함께 놀며 어울려 지내던 어린 시절이 생각이 나더라고요. 그래서 퇴직하기 전까지 학생들과 힐링 하면서 지내보고 싶다는 생각이 들었습니다. 그래서 학교 전담 경찰관이 되기로 하였습니다. 학교 전담 경찰관이 되면 학교폭력위원회에 참가하게 됩니다. 현재까지도 학교폭력위원회가 열리면 그 자리는 학생들을 선도하기 위한 자리지, 벌을 주기 위한 자리가 아니라는 생각으로, 내가 학생들을 도와주어야겠다는 생각을 가지고 임하고 있습니다.

💬 청소년 담당 경찰관으로 근무하다 보면 청소년들의 범죄에 대해 많이 보게 될 것 같습니다. 청소년들의 범죄를 보면 어떤 생각이 드시나요?

🎤 최근 중학교 2학년부터 고등학교 1학년들의 범죄가 많이 늘어나고 있는 추세예요. 주로 SNS(social network service)를 이용한 인권 살인이나 집단 따돌림 혹은 약점을 잡아서 돈을 요구하며 협박하는 범죄가 많아요. 불특정 타인에게 어플(어플리케이션) 혹은 링크를 보내 어플이나 링크에 접속하는 순간 바이러스가 퍼지게 하여 핸드폰 내의 연락처 같은 정보를 한 번에 특정 서버에 전달되게 해서 돈을 요구하는 사건이 많습니다. 중 2부터 고 1까지 학생들이 여기에 많이 걸려들고 있어요. 보이스 피싱이나 학교 폭력도 심각한 수준입니다 .

💬 SNS를 이용한 청소년 범죄가 많다고 말씀해 주셨는데, 최근에 일어난 사건 중에 특별히 기억에 남는 사건이 있나요?

🎤 최근에 일어난 SNS를 이용한 범죄 중 가장 잔혹했던 사건 중 하나가 □□중학교에서 일어난 사건인데요. 이 중학교의 학생이 SNS에 ID를 하나 새로 만들어 타 학교 여학생과 카카오톡을 주고받다가 갑자기 돌변하여 "야, 너 ○○중학교 다니는 ○학년 ○○○이지? 너 있잖아. 네 나체사진

을 찍어서 나한테 보내줘. 내가 자위행위를 하게, 보내지 않으면 내가 친구를 시켜서 너네 집에 찾아가 너를 강간해 버리겠어."라고 문자를 보낸 거였어요, 그런데 이 여학생이 순진하게도 그 문자에 겁을 집어 먹고 정말로 사진을 보낸 거예요. 그런데 □□중학교의 학생이 그 사진을 SNS에 유포해 버렸어요. 그러자 그 여학생은 큰 충격에 빠졌고, 피해 여학생과 학생의 친구들이 문자를 나눈 상대방의 프로필을 여러 차례 검색하다 보니 그게 □□중학교의 학생이라는 단서를 찾아내게 되었어요. 그래서 가해 학생은 고소를 당하여 처벌을 받게 되었는데 가해 측 부모님들이 "학생이니까 한 번만 봐 달라."라고 통 사정을 하더라고요. 그런데 피해 학생 측 부모님들은 그렇게 큰 충격에 빠져 있는데, 가해 학생 측 부모님들이 자기 자식이라고 그렇게 말하는 게 말이 됩니까. 용서가 될 수가 없지요.

💬 학교전담 경찰관을 하다 보면 회의감이 드실 때도 있으실 것 같아요.

🎤 지난 몇 년 전부터 학생과 학생 사이의 문제로 사건이 생기게 되면 사소한 것에 의한 사건일지라도 학교 폭력으로 올라가 버립니다. 당사자 학생들은 서로 다투어도 몇 분이 지나면 사실 같이 뛰어 노는데, 양측 부모님들이 상대를 고소하거나 합의금을 받으려는 생각이 많은 것 같아요. 특히 최근 들어 이런 부모님들이 많아진 것 같아요. 이런 모습을 볼 때마다 회의감이 큽니다. 애들은 싸우면서 큰다는 말도 있었는데 이제는 다 옛날 일이 되어버렸습니다.

💬 대구의 학교 폭력은 어느 정도 심각한 수준인가요?

🎤 우리 대구 학생들이 참 자랑스러운 게 2018년 학교폭력실태조사에서 전국에서 최저 수준을 기록했어요. 전국 평균이 피해 응답률이 1.3%였는데 대구는 0.3%밖에 되지 않았죠. 이 수치는 다른 지역에 비해 현저히 낮

은 수치예요. 대구 청소년들이 자랑스럽습니다. 우리 대구의 지역사회가 다 같이 노력한 결과라고 봐야겠지요.

피해 유형별 결과를 보면 언어폭력(34.8%), 집단따돌림(19.5%), 사이버폭력(11.2%), 신체폭행(10.7%), 스토킹(9.6%), 등으로 나타났습니다. 이걸 보니 언어순화를 위한 노력과 캠페인을 학교에서 많이 해야 될 거 같다는 생각이 드네요. 학교 폭력 피해 장소는 학생들이 주로 생활하는 교내(67.8%)에서 많이 발생했어요. 그리고 학교 폭력 발생 시간도 학교 밖 활동 시간보다 등하교를 포함한 학교 내 교육 활동 시간(73.8%)에 많이 발생하였지요. 학교 내 지도가 많이 필요하다는 생각이 듭니다.

한 가지 안타까운 건 학교 폭력이 발생할 시 도움을 구할 사람으로 가족(37.8%), 학교(25.1%), 친구나 선배(12.6%), 117센터 및 경찰서 등의 기관(3.2%)에 알리겠다고 응답했는데요. 학교 전담 경찰관에게 알리는 비중이 더 높아졌으면 하는 바람입니다. 우리들의 존재 이유가 바로 그거니까요,

💬 영남공업고등학교에 재학 중인 학생들에게 경찰이 되는 방법에 대해 설명해 주실 수 있을까요?

🎤 경찰공무원이 되려면 먼저 심신이 건강해야 합니다. 1학년 때부터 운동을 하여 천천히 운동량을 늘리며 신체를 건강하게 만드는 게 우선입니다. 그리고 나면 경찰대에 가거나 순경시험을 치면 되는데요. 경찰대는 공부를 매우 잘해야 들어갈 수 있습니다. 어느 학교를 불문하고 그 학교 전교 10등 안에 들면 경찰대에 가는 추천을 받을 수 있는데요. 그 추천을 받아 시험에 응시해서 합격하면 졸업하고 난 후 경찰관에 임용됩니다. 순경시험을 쳐 순경부터 시작하는 방법도 있죠. 아, 격투기운동을 하여 대회에서 수상하거나 혹은 국가대표가 된다면 경찰에 특채로 들어갈 수도 있습니다.

💬 경찰대에 들어가 경찰이 되는 방법을 좀 더 자세히 말씀해 주실 수 있을까요.

🎙 경찰대에 들어가서 경찰이 되려면 일단 고등학교에서 추천을 받아야 합니다. 그리고 시험을 통과해서 경찰대에 들어가게 되면 4년간 국비 장학금을 받으며 학교를 다닐 수 있습니다. 그 후 졸업을 하면 경위부터 경찰 생활을 시작하게 됩니다.

계급별	순경	경장	경사
형태			
업무	'순경, 경장, 경사'는 일선 지구대와 경찰서·기동대 등에서 치안 실무자로서 국민과 가장 밀접한 임무를 수행하고 있으며 '경찰의 뿌리'라고 할 수 있습니다.		

계급별	경위	경감	경정	총경
형태				
업무	지구대 순찰팀장, 파출소장, 경찰서 계장급, 경찰청·지방청 실무자	지구대장, 경찰서 주요 계장 및 팀장(생활안전, 강력, 정보2 등), 경찰청·지방청 반장 급	경찰서 과장, 경찰청·지방청 계장 급	경찰서장, 경찰청·지방청 과장 급으로 근무

계급별	경무관	치안감	치안정감	치안총감
형태				
업무	지방청 차장, 서울·부산·경기지방청 부장, 경찰청 심의관 급	지방경찰청장, 경찰교육원장, 중앙경찰학교장, 경찰청 국장 급	경찰청 차장, 서울·부산·경기지방청 청장, 경찰대학장급	경찰의 총수인 경찰청장

💬 경위가 무엇인가요?

🎤 경찰의 계급이지요. 순경-경장-경사-경위-경감-경정-총경 순으로 계급이 있는데, 경위는 계급상 경사 위 계급입니다. 경찰대를 졸업하게 되면 경위부터 시작하니까 높은 계급에서부터 시작하는 것이지요.

💬 마지막으로 영남공고 학생들에게 하고 싶은 말씀을 남겨주세요.

🎤 학생들이 학교를 다니면서 우애 있게 지냈으면 좋겠어요. 학창 시절에 친구가 진짜 친구거든요. 누군가가 자신을 평생 원망한다면 정말 후회스러운 인생을 사는 겁니다. 서로 배려하고 도와주면서 서로가 서로를 존경하는 친구가 되길 바랍니다. 그렇게 학교생활하게 된다면 아마도 학교폭력이 일어날 일이 없을 거예요. 가끔씩 학교폭력위원회에서 보면 큰 잘못을 하고도 당당한 척하는 아이들이 있어요. 잘못을 하였다면 반성할 줄 알아야 합니다. 안 그러면 나중에 범죄자가 되고 말 거예요. 그런 후회하는 인생을 살면 안 되겠죠.

사실 지금까지는 한 번도 뭐가 되고 싶다는 생각을 해본 적이 없었다. 내가 뭐가 되고 싶다는 생각을 가지면 그 직업에 대해 실례하는 것 같은 생각도 들었다. 그런데 학교전담 경찰관님을 만나고 나서 경찰관이 되고 싶다는 꿈을 갖게 되었다. 경찰이 되기 위해 많은 것을 알아보고 준비할 생각이다. 학교전담 경찰관이 학교에 자주 오신다고 하니 궁금한 것이 생기면 꼭 여쭤보고 싶다.

04

잊혀져
가는 것들을
지키는
사람들

내가 좋아하는 일에
돌을 던져라!

물레책방 주인 장우석 감독

인터뷰 _ 구경민, 강현빈, 이승준, 이준호

Prologue

온라인에서 못 사는 것이 없는 시대다. 기라성 같던 대형 쇼핑몰들도 온라인 쇼핑몰의 위세에 적자를 면하기가 어렵다는 하소연이 거짓말처럼 들리지 않는다. 책도 마찬가지다. 핸드폰에서 클릭 한 번이면 당일에도 집까지 가져다주는 세상이다. 그래서일까. 책을 사본 적은 있어도, 책을 사러 서점에 가본 일은 별로 없다. 분명 가보기는 했지만 언제 가고 안 갔는지 기억이 잘 나지 않는다. 책 말고도 즐길 거리가 많은 시대다. 하물며 새 책도 읽는 사람이 없다고 아우성인데, 헌책을 사서 읽을 사람은 누가 있을까. 그런데 대구에, 그것도 우리 학교 가까이에서 새 책은커녕 헌책을 팔고 있는 서점이 있다고 하여 찾아가 보았다. 그리고 그곳에서 장우석 감독님을 만났다.

💬 자기소개를 간단하게 부탁드립니다.

🎙 간단하게 저는 대구에서 영화를 만드는 사람이고요. 최근에는 본업보다 부업인 물레책방이 더 유명해져서 좀 난감한 상황이 된 상태입니다. 장우석이라고 합니다.

💬 영화감독을 하시다가 '물레책방'이라는 헌책방을 운영하게 된 계기가 있나요?

🎙 저는 어릴 때부터 책 읽는 걸 좋아했어요. 대단한 책을 좋아했던 건 아니고요. 만화책이나 추리소설 같은 걸 좋아했어요. 그런 책들을 중심으로 책을 읽기 시작했죠. 아버지가 고등학교 국어 선생님이셨어요. 그래서 집에 책을 읽는 문화 같은 게 있었어요. 그래서 헌책방도 곧잘 갔었습니다. 아버지 손을 잡고 어릴 때 아버지와 함께 헌책방을 돌아다닌 기억이 남아 있어요. 그때 헌책방에서 오랜 시간 책을 즐겨 보기도 했었

습니다. 사실 오랫동안 취미로 책을 좋아하기는 했지만 여러분들 같이 중고등학생 때는 학업 때문에 책방에 많이 못 갔었어요.

그러다가 대학생이 되고 나서 다시 좋아하는 책을 본격적으로 읽어볼까 생각하였습니다. 그런데 저는 책을 빌려서 읽는 것보다 소장하는 스타일이었거든요. 대학생이었을 때 돈이 별로 없잖아요. 그래서 어릴 때 다니던 헌책방이 떠올라 다시 헌책방을 다니기 시작했습니다. 대구 지역 헌책방으로는 성에 안 차서 다른 지역 헌책방도 돌아다니기 시작했고요. 옛날에는 시민회관(현 콘서트하우스) 쪽의 교보문고 사거리에서 반월당까지 책방 거리였거든요. 그런데 지금은 다 사라졌어요. 2.28 공원 건너편에도 책방 거리가 있었지만, 점점 헌책방이 사라졌습니다. 헌책방이 사양 사업이기도 하고 요즘은 젊은 사람들이 유입도 되지 않기 때문에 제가 많이 찾아가던 책방도 대부분 사라졌지요.

한 번은 어느 헌책방에 '상중(喪中)'이라고 적혀 있는 걸 본 적이 있어요. 책방 사장님이 돌아가신 거죠. 그리고 그 다음에 가보면 그 헌책방이 없어지고 다른 가게가 들어와 있어요. 그때부터 점점 이렇게 가다가는 언젠가는 헌책방이라는 공간이 다 사라지겠다는 생각이 들었습니다. 좀 안타까웠어요. 비록 제가 손님이기는 했지만, 정 할 사람이 없으면 '내가 헌책방을 해야 하는 건가?' 이런 생각이 들었습니다. 그때부터 내가 원하는 책이 아닌, 책방에 이런 책이 있었으면 좋겠다는 마음으로 책을 모으기 시작했어요. 읽을 목적이라기보다는 개인적인 취미처럼 말이지요. 그러다가 집에 책이 점점 많아져서 따로 공간을 구해서 월세를 주면서 책을 모아놨어요.

그러던 어느 날 한 번은 책을 보다가 판권 표지를 보는데 웬만한 책들은 서지 정보에 주소지가 다 서울인데, 신기하게도 주소가 대구인 곳이 있었어요. 녹색출판사라는 곳이었거든요. 그래서 신기해서 그 주소로 찾아갔어요. 그랬다가 그 출판사 식구들이랑 친해지게 되었습니다. 그리고 일 때문에 한동안 출판사에 못 가고 있다가 일이 끝나서 다시 대구에 왔는데, 그 출판사가 대구에서는 안 되겠는지 역시나 서울로 떠나갔더라고요. 그래도 이전할 때 다 가지 않고 대구에 남아 있는 출판사 직원들이 있어서, 그분들을 찾아갔어요. 그런데 그중 한 분이 다시 대구에서 출판사를 차리겠다고 하는 거예요. 그래서 출판사를 만들고 나서 2층에 있는 그 출판사에 놀러갔는데 저에게 이런 제안을 하시는 거예요. 이 건물에 지하가 있는데 거기에 네가 원했던 헌책방을 차리면 안 되겠느냐고 말이지요.

하지만 저는 그때 돈이 많지도 않았고, 그리고 여기가 잘 사는 동네잖아요. 그래서 좀 부담스러웠습니다. 하지만 여기 건물이 개인 건물이 아니라 손 씨 문중의 건물이라서 제가 문중 어르신들을 찾아뵙고 '지하 공간에 젊은 사람들이 좋은 문화 공간을 열려고 하는데 조금 저렴하게 임대해 주십시오' 하며 부탁을 했더니, 흔쾌히 허락해 주셨습니다. 그래서 저렴하게 지하 공간을 임대하게 되었습니다. 원래 여기에 노래방이 있었거든요. 상태가 엉망이었습니다. 저희가 철거할 것을 철거했더니 폐기물이 무려 3t이나 나왔어요. 그래서 2009년 9월에 임대를 시작해서 2010년 1월부터 공사를 시작했어요. 그리고 그해 한 4월쯤부터 문을 열기 시작했어요.

💬 헌책방 이름을 '물레책방'이라고 지은 이유가 있나요?

🎤 이 질문은 책을 보여드리면서 말씀을 드릴게요. (책을 찾아오며) 이 책입니다. '간디의 물레'라는 책인데요. 간디는 많이들 알고 계시죠? 인도의 비폭력 평화운동가입니다. 이 인도라는 곳이 과거에 영국의 식민지이었습니다. 그때 간디는 영국과 무력으로 싸우지 말고 비폭력주의

방식으로 투쟁을 해야 한다고 강조하셨던 분이죠. 이분이 하셨던 일 중 하나가 영국에서 만든 옷을 사 입지 말고 물레를 직접 돌려서 실이나 천을 만들어서 우리가 직접 옷을 만들어 입자는 투쟁이었어요. 그런데 이 물레가 동글동글하잖아요? 근데 이제 저희 책방이 헌책방이기 때문에 팔린 책들이 다시 돌아오기도 하고 다시 팔리기도 하며 순환하는 거예요. 물레라는 게 돌고 도니까 '책이 순환한다.'라는 의미도 있고, 책의 순환으로 여러 사람이 드나드는 공간이니까 물레라는 이름을 따서 '물레책방'이 되었습니다.

💬 주로 이곳의 책들을 보면 헌책이 많잖아요? 헌책 공급은 주로 어디서 어떻게 하시는지 궁금합니다.

🎤 보통 헌책방들은 책을 공급받는 데 크게 두 가지 방법이 있어요. 한 가지는 '나까마'예요. 헌책방 용어인데 속어죠. '나까마'가 뭐냐면 흔하게 여러 종류의 고물 중에 폐지가 있지요. 폐지 중에는 신문지나 우유팩 같은 것들이 있는데, 그 폐지 중에 헌책들만 뽑아가지고 헌책방에 들고 와서 파시는 분들이 있어요. 그런 분들을 가리켜서 '나까마'라고 그래요.

책은 kg당 얼마 하지 않아서 고물상에 팔면 돈이 안 되거든요. 그러니까 헌책방에 팔아버리면 이윤이 더 많이 남아서 그렇게 공급하는 방법이 있어요. 그리고 또 한 가지는 손님들이 그냥 다 읽고 안 읽는 책들을 가지고 오거나 이사를 간다거나 하면 책을 많이 들고 오십니다. 보통 이런 식으로 구해요.

처음 제 책방의 모토가 헌책방이 없어지는 것을 안타까워하며 작게나마 헌책방을 돕자는 마음이 있었기 때문에 제가 직접 헌책방을 다니면서 사 와서 모으는 방식으로 했어요. 그래서 '나까마'로 물건을 들이지 않았어요. 헌책방에서 요구하는 책값을 일일이 지불해 가며 하나하나 수선하며 전시해 놓는 거죠. 제가 개인적으로 모은 책들이랑 다른 책방 거래하는 방식으로 구하는 중입니다.

💬 책을 많이 좋아하시잖아요? 그럼 그중에서 어떤 장르의 책을 주로 즐겨 읽으시나요?

🎤 아, 저는 뭐 여기 자체가 제 개인적인 취향이 담긴 책들이 있다고 보시면 됩니다. 저희 책방은 인터넷 사이트에 들어가셔서 보시면 책방 소개에 '문·사·철'이라고 되어 있어요. 문학, 역사, 철학인데요. 가장 기초적인 문·사·철 중심의 인문학 서적들 모아놨다고 생각하시면 돼요. 그런 책들이 주류를 이루고, 그밖에도 만화나 추리소설 등 제 개인 취향이 담겨있는 책들이 있어요. 여기는 기본적으로 문·사·철 중심의 책들과 대구지역에 있는 책들, 대구의 출판사의 책들, 대구에서 출판된 잡지들, 대구 출신의 작가가 쓴 책을 모아두었다고 보시면 됩니다. 교과서라든가 자습서, 이월 잡지 이런 것은 모아두지 않고 제 개인의 취향이 담긴 책만 취급하고 있습니다.

💬 지금 책방에 책이 많아 보이는데요. 이곳에는 대략 책이 몇 권 정도 있을까요?

🎤 흐음, 저도 세어보진 않았지만 지금 눈에 보이는 책들이 기본으로 있고, 저기 눈에 보이지 않는 커튼 뒤에 보면 책이 더 있고요. 유리 문을 열고 보시면 계단 밑에 창고가 있어요. 거기에도 책이 있습니다. 제 생각으로는 이 책방에는 만 권 정도 된다고 보시면 되고, 창고에 있는 것을 합치면 만 오천 권정도 될 것 같습니다.

💬 영화를 만드신다고 들었는데 어떤 장르의 영화를 만드시나요?

🎤 제는 개인적으로 호러 영화 같은 걸 좋아해요. 제가 데뷔작을 했던 무렵은 요즘 화제가 되고 있는 봉준호 감독님 이런 분들이 같이 데뷔할 시기였죠. 제가 일반적인 영화보다는 사람들의 심리를 다루는 호러 영화를 만들었고, 그렇게 서울에서 일하다가 대구로 내려와서 다큐멘터리-예를 들자면 위안부 할머니 관련된 이야기라든가, 장애인들에 대한 이야기-영화 작업을 많이 하고 있어요. 그리고 지금은 학생들에게 영화에 대해서 교육을 하고 있기도 합니다.

💬 대표님에게 책과 영화란 무엇인지, 또 어떻게 생각하시는지 궁금합니다.

🎤 제가 지금보다 젊었을 때 우리나라에서 비공식적으로 가장 나이가 어린 헌책방 사장이었어요. 보통은 헌책방 주인이라고 하면 지긋한 어르신들이 많으신데, 저는 한 30대 초중반에 책방을 열었거든요. 보통 헌책방은 새 책방과 다르게 책을 좋아하기도 하고, 책을 많이 아시는 분들이 오시기 때문에, 책방 주인을 시험한다고 해야 하나, 그래서 얼마나 네가 책을 많이 알고 있느냐 하는 테스트 성의 간접적 질문도 많았고,

여기 있는 책들을 다 읽어 봤느냐는 황당한 질문도 많이 받았죠.

저는 책을 좋아하기는 하지만 많이 읽는다기보다는 책이라는 물건에 대한 욕망, 책만이 주는 디지털이 줄 수 없는 아날로그 느낌들, 뭐 책장을 넘긴다거나 책 냄새, 책을 드는 질감, 책의 디자인 등 이런 것에 관심이 많아요. 책을 좋아한다고 말씀드리면 간단해질 수 있겠지만 솔직히 말씀드려 그렇습니다.

헌책방은 사양 사업이에요. 그리고 해가 갈수록 사람들은 책을 읽지 않아요. 신문을 보면 우리나라의 독서량이 뭐 1년에 0.N%이다, 사람들은 한 달에 한 권도 읽지 않는다고 하는데, 사실 책을 읽을 여건이 안 되는 거죠. 읽을 여유도 없고 경제적 가치도 별로 없고요. 책을 읽으려면 뭐 이렇게 좀 시간적 여유도 있어야 하고 하는데, 사람들은 다 바쁘기도 하니까 책이라는 매체가 가장 약한 존재가 되고 있죠.

저는 책도 책이지만은 헌책을 좋아하고 새 책보다는 헌책에 매료되어 있어요. 가격이 저렴하다든지 그리고 이제 책방을 오면 요즘 책이 워낙 사이클이 빨라져서 한 해에 보통 3만 권정도 새 책이 나와요. 근데 그 책들이 다 소장될 수 없잖아요. 뭐 어떤 책들은 나왔다가 금방 잊히기도 하고 나중에 이 책을 찾으려고 했던 사람이 정작 이 책이 절판이 돼서 서점에서 살 수도 없고 출판사에 연락해도 없는 거죠. 근데 그런 책들이 헌책방에 오면 있는 거죠. 헌책방에서 맞을 수 있는 보물찾기 같은 느낌도 있어요. 그리고 예전엔 책이 서로 주고받던 선물 중 하나였거든요. 표지 뒤에 앞표지 같은 데가 텅 비어 있어서 이런 곳에다가 메시지를 쓰기도 했어요. 그렇게 메시지가 적힌 책이나 어떤 책에는 밑줄 끼인 것도 있어요. 전 주인이 이 부분을 인상 깊게 읽었던 것이죠. 어떤 경우에는 책이 접혀 있기도 해요. 또 재밌는 경우는 넘기다 보면 돈이 나와요. 그리고 헌책의 매력이라고 할 수 있는 친필 사인도 있어요. 저자들의 친필은 귀하잖아요. 돌아가신 분이 저자이시면 더욱 그렇고, 뭐 백범일지 이런 것도 직접 김구 선생님이 서명한 책이 있어요. 그런 책들의 매력이 있는 곳이 헌책방이지요.

저는 제가 영화감독이 될 것이라고는 꿈에도 몰랐어요. 영화를 그렇게 많이 좋아하진 않았고 평균적인 수준으로 영화를 생각했어요. 제가 군대를 다녀와서 생각했던 진로는 문화부 기자였습니다. 그 당시에는 막연하게 기자가 되고 싶다고 기자 공부를 했었어요.

그런데 제가 대학교 앞에서 자취를 하고 있는데 여름방학 때 아는 선배님이 전화가 와서 뭘 도와달라는 거예요. 그래서 가보았더니 그분이 단편영화를 찍고 계신 거예요. 그래서 제가 뭘 하면 되냐고 물어보니까, '붐만(붐 마이크를 드는 일)을 좀 해라.'고 하시더라고요. 저는 영화만 봐왔던 사람이었지만 제 인생에서 처음으로 일주일 동안 영화 작업을 했는데 정말 매력이 있었습니다. 일단 영화라는 게 새로운 세계잖아요? 현실에 존재하지 않는… 감독이 생각하는 그 어떤 새로운 세계, 그게 유토피아 같은 좋은 세계일 수 있고, 절망적인 세계일 수도 있고, 그 감독에 따라 세계가 만들어 가는 거잖아요. 스크린 속에서는 신이 되는 거잖아요.

봉준호 감독님의 '기생충'을 예로 들면 배우 송강호 씨가 감독이 시키는 대로 이어져 나가니까 본인이 생각한 세계를 만들 수 있다는 그런 매력도 있었어요. 그림을 그린다거나 책을 쓴다거나 하면 다 혼자서 하거든요. 근데 영화는 보통 혼자서는 할 수 없는 같은 공동으로 뭔가 여러 사람이 모여서 같이 으쌰, 으쌰 해서 하나의 순간을 만드는 거니까요. 그게 재미도 있으면서, 같이 고생도 하지만 뭔가를 한다는 게 참 재밌더라고요. 그래서 영화를 하게 되었고 영화에 대한 글도 쓰고 방송에 나가서 영화 이야기를 하기도 합니다.

💬 어릴 때의 진로도 책에 관련된 진로를 희망하셨나요?

🎙 저는 정치외교학과를 나왔어요. 책이랑 전혀 상관없다고는 할 수 없지만 그렇다고 딱히 관련이 있는 과도 아니에요. 저는 중학생 때랑 고등학생 때 학교라는 데 매여 있는 존재, 그러니까 어른들이 시키는 것만 해야 하고 수동적인, 자유가 없는 속박 당한 느낌이 너무 답답했어요. 그런 구속감을 바꿀 수 있는 게 뭐가 있을까 생각해보니까, 그게 바로 정치였던 것 같아요. 그래서 정치 관련된 일을 해야겠구나 생각했어요. 그런데 막상 정치외교학과를 가니까 학교 안에서 이론으로 공부하는 것과 현실 속에서 존재하는 정치는 좀 다른 거예요. 뒤늦게 제가 하고 싶었던 게 이게 아니었다는 생각을 하였습니다. 그래서 오랫동안 방황을 했고 그러다 보니 군대도 많이 늦게 가고, 혼란스러운 시기들이 많이 있었어요. 남자들이 보통 놀다가 군대를 가게 되면 앞으로 어떻게 살아야 될 지 고민을 많이 해요. 저 같은 경우에는 음악을 듣는 것을 좋아

하고 책 보는 것도 좋아해서, 문화부 기자가 되면 글 써서 먹고 살 수 있지 않을까라는 생각을 했습니다.

하지만 저는 앞서 말했다시피 영화에 관심이 쏠려서 대학을 졸업해서 다시 공부하고 사회에 좀 늦게 진출했습니다. 2000년대 초반만 하더라도 봉준호 감독님, 김지운 감독님 등이 데뷔할 시기였습니다. 그때가 한국 영화 제일 르네상스였던 시기였는데, 그 무렵에 서울에서 활동을 했지만 그리 순탄하지는 않았습니다. 지방에서 서울로 올라오다 보니 힘들었고, 비전공자이기 때문에 좀 막막하고 노동의 질이 안 좋았던 거죠. 좀 자유롭게 살고 싶었는데 너무 오랫동안 일하기도 하고 그에 비해 월급도 적고, 언제까지 일을 할 수 있는 것도 아니고... 그런 생각을 하다가 다시 대구로 내려와서 여러 사람을 만나서 영화 관련 일도 하고 강의도 하고 책방까지 차려서 하고 있죠. 지금은 개인적으로 제가 좋아하는 일을 하고 있는 거예요. 아무튼 지금은 스스로가 만족스러운 삶을 살고 있습니다.

💬 지금 현재 프로젝트를 진행하거나 진행 중인 것이 있나요?

🎤 경산에 대안학교가 있어요. 그 대안학교 친구들을 대상으로 한 시간짜리 중편영화를 만들었어요. 6월 5일 시사회가 있어요. 그리고 영남일보라는 신문에 영화 칼럼을 2014년부터 쓰고 있어요. 그리고 PBC라고 하는 가톨릭방송에 나가서 영화를 소개 프로그램도 하고 있고요. 지금도 개인 프로젝트로 시나리오 작업을 하고 있습니다.

💬 저희 영남공업고등학생들에게 추천해주고 싶은 책이나 영화가 있다면 어떤 것을 추천하고 싶으신가요?

🎤 혹시 고전이란 거 들어보셨나요? 저는 여러분들이 고전을 많이 읽

어보면 좋겠어요. 1년에 책이 한 3만 권정도 출판되는데 그 많은 책들 중에서도 살아남는 책이 고전이에요. 2000년대 초반에 베스트셀러였던 책들도 단기간만 인기를 끌거나 새로운 트렌드가 나오면 그 베스트셀러들도 금방 절판되는 게 출판계의 현실이에요. 그럼에도 불구하고 시간의 흐름을 다 이기고 살아남는 책들이 있어요. 그런 책들을 고전이라고 하는데요. 물론 고전 중에는 따분한 책도 존재하기도 하고, 지금과 같은 시대정신이 맞지 않는 책도 있겠죠. 하지만 고전은 머물러 있는 게 아니라 계속해서 새로운 고전들이 생겨나요.

저는 그렇게 생겨나고 있는 고전 중에서 여러분들이 청소년들이니만큼 이 책을 추천하고 싶어요. 제목은 '우리들의 하나님'이라는 책입니다. 작가는 권정생이라는 분이에요. 권정생 선생님의 책 중에서 가장 유명한 책은 '강아지 똥'인데 들어 본 적이 있지요? 아주 유명한 동화작가입니다. 하지만 '우리들의 하나님'이라는 책은 그분이 낸 산문집이에요. 에

세이죠. 이 책은 시간이 가면 갈수록 더 빛을 발하는 책이에요. 베스트셀러는 들어본 적 있죠? 그런데 베스트셀러 말고 스테디셀러라는 게 있어요. 베스트셀러는 꾸준히 팔리는 책이지만, 스테디셀러는 그 베스트셀러 중에서도 또 살아남는 책을 말해요.

저 같은 경우에 어린 시절에 그 책을 보고, 제가 진로에도 고민이 많아졌고 어떻게 살면 좋을까 이런 생각이 들었죠. 또 그 책을 읽으면서 제가 어떤 삶이 좋은 삶이구나, 좋은 삶을 살기 위해서 어떻게 해야 하는지 조금 알 수 있기 때문에 영남공고 학생들에게 추천하고 싶네요.

그리고 영화는 저는 이제서야 한국 영화를 많이 보고 있어요. 과거에는 영화를 그렇게 많이 보는 사람이 아닌, 보통 사람들이 흔히 좋아하는 평균치적인 영화를 보는 사람이었어요. 그런데 제가 영화감독이 되고 또 다른 영화감독님들을 만나보니까 그분들도 영화를 많이 본 게 아니고, 좋은 영화를 몇 편을 선정해 놓고 그 영화를 계속 반복해서 보는 사람들이더라고요.

저는 이제 굉장히 좋아하는 영화감독이 있는데요. 그분이 바로 이창동 감독님입니다. 이분은 대구에서 태어나고 소설가로 일하시다가 영화감독이 되었어요. 이분이 만든 영화들 보신 적 있는지 모르겠네요. 초록

물고기, 박하사탕, 오아시스, 밀양, 시, 버닝, 이런 영화들을 추천해요. 그리고 '지구를 지켜라'라는 영화가 있어요. 저는 개인적으로는 이 영화가 정말 명작이라고 생각합니다. 장준환 감독님 작품인데요. 이 감독님이 최근에 '1987'이라는 영화를 제작했습니다. '지구를 지켜라'라는 SF이기도 하고 미스터리 같기도 하고 사회 고발하는 영화인 것 같은 되게 복잡한 영화인데, 엄청 재밌고 유쾌하기도 하고 슬프기도 해요. 답답해하고 있는 학생들이 있고 저와 비슷한 생각을 가지신 학생들이 있다면 권하고 싶습니다.

💬 마지막으로 영남공업고등학생에게 하고 싶은 말이 있다면 이야기 남겨주세요.

🎤 제가 학교에 특강 같은 것을 많이 갑니다. 주로 영화 이야기를 하거나 책방 이야기를 하는데, 가서 학생들을 만나보면 즐거운 그런 느낌이 있어요. 머리가 이미 굵어진 어른 대상보다는 학생들을 만나는 것을 더 좋아하기도 하고, 학생들을 만나서 제가 좀 도움이 되었으면 좋겠다는 생각을 하기도 해요. 하지만 강의는 학생의 입장에서 봤을 땐 수업의 연장이니까 별로 안 좋아하더라고요.

앞으로 여러분들이 살게 될 시기는 지금과 같은 시대가 아닐 것 같아요. 대학 졸업장이나 자격증을 필요로 하는 시대보다는 4차 산업시대에 대한 새로운 시대가 올 것 같아요. AI 이야기도 나오고, 이세돌과 알파고의 대결도 있었고, 뭔가 사람들이 하던 일을 로봇이 대체되는 시대일 텐데, '인간만이 할 수 있는 게 뭘까?'라는 것을 생각을 해보면 좋겠어요. creative(창조적인)한, 기계가 할 수 없는, 사람만이 할 수 있는 게 있을 것 같아요.

인생에는 두 가지의 길이 있는 것 같아요. 첫 번째 길은 안정된 직장,

연봉, 근사한 집 등 이런 류의 길이 있고, 하나는 불투명한 일이지만 좀 끌리는 길, 이런 느낌의 길이 있는 것 같아요. 제가 이 길이 더 좋은 길이다, 더 좋은 삶이라고는 말씀드릴 수는 없어요. 왜냐하면 그걸 그렇게 말씀드리는 순간 어떤 방식으로 규정된다고 생각되고 그건 엄청 꼰대스러운 일이 될 것 같아서요. 하지만 그 일을 위해서 한 번쯤 모든 것을 걸어본다던가, 빠져 본다, 미친다랄까, 그럴 수 있는 일들을 찾아보았으면 합니다. 왜냐하면 그렇게 해야 만족스러운 삶을 살 수 있을 것 같네요. 마지막으로 내가 뭘 좋아하는지 냉정하게 생각해 보고, 내가 뭘 할 수 있는지 생각해 보고, 그 일에 돌을 던져보는 삶을 살았으면 좋겠습니다.

감독님께서 말씀해 주신 안정된 삶과 끌리는 것을 쫓는 불안정한 삶, 그중에 어떤 삶이 더 값진 삶인지는 감독님도 잘 모른다고 했다. 하지만 감독님께서는 이미 자신에게 더 끌리는 삶을 향해 걸어가고 계셨다. 나는 그 점이 참 멋있다고 생각했다. 어쩌면 벌써 답이 정해진 이야기를 하신 게 아닐까 하는 생각이 들었다.

사실 나도 어떤 삶이 더 값진 삶인지는 잘 모르겠다. 그래서 앞으로 어떤 삶을 살아야 할지 더 고민해봐야 한다. 솔직히 말해 공고에 진학한 것은 안정된 삶을 살기 위해서였다. 공고 와서 자격증이라도 하나 따면 밥벌이는 할 수 있다고 생각하였다. 하지만 감독님의 말씀을 들으면서 나는 어떤 삶을 살아야할지 다시 한 번 고민해 보게 되었다.

남들이 쫓지 않는 삶을 살 수 있다는 것은 이 사회가 그 일을 필요로 한다는 말이다. 또 이 사회의 누군가는 그 일을 해야 한다는 말이다. 고민이 참 많이 필요한 밤이다.

43년째 수제화를
만들고 있습니다
수제화 전문가 편아지오 우종필 대표

인터뷰 _ 김민수, 김도엽, 최경헌, 허성원

Prologue

수제화를 신는다는 것은 세상에 단 하나뿐인 나만의 신발을 갖는다는 것이다. 수제화는 장인이 직접 발 치수를 재고, 가죽을 자르고, 한 땀 한땀 바느질을 해가며 만든다. 그만큼 편하고, 신는 사람의 품격이 살아나는 신발이다. 그래서 한 때는 진정한 멋쟁이라면 수제화를 신는다는 인식이 있었다. 하지만 이제는 사정이 많이 달라졌다. 수제화 신는 사람은 손에 꼽을 정도가 되었다. 하지만 그럼에도 불구하고 대구에는 전국 유일하게 수제화 골목이 남아 있다고 한다. 사람들의 관심이 멀어져가고 있는 이때, 왜 그들은 여전히 그 자리를 지키고 있는 것일까?

💬 자기소개 해주세요!

🎤 저는 1976년도부터 지금까지 수제화를 만들고 있습니다. 저의 아버지와 삼촌, 저, 아들이 3대째 수제화를 만들고 있습니다. 원래는 중학교 다닐 때 축구선수 하다가 다리를 다쳐 집에서 휴학하고 놀고 있다가 아버지 구두 만드는데 구경 갔다가 그때부터 구두 만드는 것이 재미있고 좋아서 시작한 세월이 지금 43년째 하고 있습니다.

💬 수제화를 하게 된 계기는 무엇인가요?

🎤 중학교 때 축구선수였습니다. 축구선수 하다가 2학년 1학기 때 다리를 다쳐 가지고 몇 개월 학교를 못 가게 돼 가지고 너무 학교를 못 가 학업도 많이 떨어졌어요. 1년 휴학을 내고 내년에 갈 생각을 하고 있다가 아부지 구두 만드는데 가서 구두 만드는 거 보고 그때부터 시작한 게 계기죠.

💬 수제화를 만들면서 힘들었던 점은 무엇인가요?

🎤 옛날에는 대목이 되면 매일 늦게까지 집에도 못 가고 공장에서 가죽 덮고 자고 그런 힘든 시기가 있었습니다. 또 힘든 점이라면 본드 냄새, 가죽 냄새 매일 맡아야 되니까 머리도 아프고 그런 건 있습니다.

💬 기계가 아닌 직접 손으로 만드는 이유가 뭔가요?

🎤 사람들마다 다 개성이 있기 때문에 자기만의 수제화를 신고 싶어 합니다. 똑같은 것보다 좀 변형을 시켜서 이렇게 저렇게 하다 보니까 대량으로 할 수 있는 그런 입장이 안 됩니다. 그래서 수제화로 손으로 일일이 다 만들어지고 있습니다.

💬 구두를 처음 만들었을 때 기분은 어땠나요?

🎤 작품이라고 할까, 정말 너무 좋았습니다. 몇 년 동안 일을 배워 가지고 수제화를 하나 만들었을 때는, 정말 운동선수들이 금메달 따는 그런 기분이라 할까. 참 좋았습니다.

💬 마을기업을 설립된 계기가 있나요?

🎤 인터넷이라든지 홈쇼핑 이런 데서 저가 신발이 많이 들어옴으로써 수제화가 사실 전반적으로 너무 힘들었습니다. 3대째 수제화를 하고 있는데 돈을 쫓아가면 고만 둬야 되는데, 3대째 한 것이 아쉬워서, 대구 중구청에서 마을기업 설명회가 있다고 해서 한 번 갔습니다. 저 혼자 간 것이 아니고 친구, 선배 3명이 같이 갔는데 들어보니까 마을 기업을 만들어 가지고 사람마다 자기 나름대로 잘하는 기술이 있기 때문에 같이 이래 공유해 가지고 하면 좋겠다 싶어서 사무실에 가서 하기로 하고 선배, 친구 불러 가지고 우리 같이 한번 해보자 하니 '혼자하기도 힘든데 셋이 해 가지고 수입이 되겠나?'고 했습니다. 두 사람은 안 하려고 해 가지고 그만두고, 나 혼자 일단 만들어 가지고 사람들을 다시 불러들였습니다. 그때부터 마을기업을 만들어 가지고 시작하고 또 마을기업 때문에 방송국에서도 관심을 많이 갖고 있다 보니까 침체 돼 있던 수제화 골목이 전반적으로 다시 재조명되고, 알려지고 많이 찾아왔습니다. 방송국에서도 여기 저기 다큐멘터리, 서울의 아침마당, 대구 아침마당, 6시 내 고향 등 하여튼 계속 방송이 찾아오면서 우리 수제화 골목이 많이 활성화가 되었다고 봅니다.

💬 수제화의 매력이 무엇인가요?

🎤 나만의 디자인이죠. 기성 제품처럼 이 사람, 저 사람도 똑같은 신을 신는 것이 아닙니다. 수제화는 내가 원하는 대로 내 발에 맞추어서 하기 때문에 실제로 발이 편합니다. 자신만의 개성을 살려 신으려는 사람들 때문에 수제화가 그래도 이렇게 잘 되었습니다. 힘들지만 위해서 가는 그런 계기죠.

💬 수제화를 만들고 나서 완성하였을 때 어떤 생각이 드시나요?

🎙 수제화를 하나 만들려면 망치질을 천 번 이상 해야 됩니다. 재단부터 시작해 재공 작업할 때 망치질하고 윗창 작업할 때 망치질하는 등 천 번 이상 두드려야지 수제화가 탄생합니다. 그래 탄생해 가지고 손님한테 전해졌을 때 '역시 수제화가 기성 신발하고 차이가 난다'라고 했을 때, 그때 기분 참 좋고, 보람을 느끼죠.

💬 수제화를 주로 신는 단골 고객들을 어떤 분들인가요?

🎙 발이 되게 작거나 큰 사람, 양쪽 발 크기가 다른 사람, 엄지발가락이 바깥으로 휘어진 무지외반증이 있는 사람, 이런 사람들은 기성화가 불편하거든요. 그런 사람들은 일단 많이 신죠. 그리고 스타일과 개성을 중시하는 연예인이나 젊은이들도 나만의 패션 아이템으로 많이 신고 있습니다.

💬 수제화는 가격이 많이 비싸지 않나요?

🎙 여기 둘러보시면 아시겠지만, 대량 생산되는 기성품에 비해 맞춤형이면서도 오히려 가격이 쌉니다. 소비자와 생산자가 직접 연결되기 때문에 백화점 입점 수수료나 유통 마진 같은 거품이 없거든요. 백화점에서 20만 원에 팔리는 제품이라면 대체로 반값 수준인 10만 원대 초반에 구입할 수 있어요.

💬 제가 원하는 디자인은 다 만들 수 있는 건가요?

🎙 얼마나 특이한 걸 생각하는지 모르겠지만 웬만한 건 다 된다고 봐야죠. 제가 구두만 몇 년 했는데요. (웃음) 한때는 수제화가 캐주얼은 부산, 여자 구두는 서울, 남자 구두는 대구라고 했어요. 남자 구두는 대구가 전국적으로 알아줬습니다.

💬 구두 만드는 데는 얼마나 시간이 걸리나요?

🎤 주문하면 한 일주일 정도 걸립니다. 발 치수 재고, 디자인과 가죽 고르고요. 발 모형 떠서 재단, 재봉, 제화 작업을 해서 완성하지요.

💬 다음 생에도 이 직업을 선택하실 건가요?

🎤 사실 1960년대부터 1980년대 초까지만 해도 수입이 참 괜찮았습니다. 우리가 보통 일주일에서 열흘 일하면 공무원들 한 달 월급, 직장 생활에서 한 달 월급 받고 참 좋았는데, 지금은 중국 신발, 베트남 신발들이 저가로 많이 들어오니까 전반적으로 힘이 들어서 수입이 안 됩니다. 다음 생에 다시 하겠냐고 물으면 고민을 좀 해봐야 될 것 같습니다. 왜냐하면 수익 감소로 너무 힘드니까. 그래도 명맥은 이어야 할 것 같아서 마이스터 기술센터를 만들었어요. 이 기술이 하루아침에 만들어지는 게 아니거든요. 대를 잇는 장인을 길러내야죠.

💬 우종필 선생님에게 수제화란 무엇 인가요?

🎤 수제화란 내 인생의 전부죠. 사실 43년을 하면서 수제화로 인하여 대구 골목에 마을기업도 만들었고 또 수제화 골목이 형성되고 알려지고 수제화를 배우고 싶은 사람들에게 수제화를 가르쳐 줄 수 있는 수제화 센터도 만들어졌고 수제화로 인하여 대한민국 신지식인이 됐고 또 대한 민국 수제화 장인도 돼 열심히 하고 있습니다. 중구에서 의류 생활도 하고 수제화로 인하여 힘들지만 좋은 세월을 보내고 있습니다.

💬 앞으로 계획은 무엇인가요?

🎤 대구에서 만든 수제화를 전국적으로 최고로 알아주는 시절이 있었어요. 그때는 우리 대구 기술자분들이 서울이나 부산에 가면 선금 받고 다녔거든요. 도지방, 전세방도 잡아주고 돈 많이 받고 다닌 기술 좋은 분들이 대구에 진짜 많았습니다. 저로 인해서 수제화 장인분들이 앞으로도 계속 수제화를 명맥을 이어갈 수 있도록 하는 게 제 목표입니다.

💬 영남공고 학생들에게 하고 싶은 말씀을 남겨주세요!

🎤 공부도 그렇지만 기술도 그렇고 모든 것이 열심히 하면 언젠가는 남이 알아준다고 할까, 자연히 위치가 상승이 된다고 할까. 어쨌든 남들이 인정해주는 그런 사람이 되었으면 합니다.

내 발에 꼭 맞는, 나만을 위해 만들어진 신발을 신는다는 건 정말 특별한 경험이라 생각한다. 대표님을 만나면서 언젠가는 수제화를 꼭 한번 신어봐야겠다는 생각을 하게 되었다. 수제화가 기성화보다 훨씬 장점이 많은 것 같은데 이렇게 좋은 신발을 사람들이 많이 찾지 않는 이유가 무엇인지 궁금하다. 예전에는 수제화가 가격이 더 비쌌지만 지금은 그렇지도 않다고 한다. 그렇다면 사람들이 잘 신지 않는 이유가 무엇일까? 인터뷰를 마치고 친구들과 이런저런 생각을 나누어 보았다. 하지만 뾰족한 결론은 없었다. 세상이 돌아가는 섭리가 무엇인지 더 많이 궁금해졌다.

05

미래로
나아가는
우리 지역의
역사 이야기

2.28민주운동을 전국에
알리고 싶습니다

2.28민주운동기념사업회 백재호 홍보국장

인터뷰 _ 이탄하, 김도연, 이은우, 김부길

Prologue

　대구에는 유난히 2.28이라는 지명을 달고 있는 곳이 많다. 2.28기념
중앙공원, 2.28민주운동기념회관, 2.28민주운동기념탑을 비롯하여 얼
마 전에는 2.28기념학생도서관도 생겼다. 최근 들어서는 2.28민주운동
을 염두에 두고 대구 시민 주간도 2월 마지막 주로 옮겼다. 우리 지역
에 이렇게 2.28민주운동 관련 이슈가 많은 것은 무엇 때문일까? 그만큼
2.28민주운동이 모두가 기념할 만한 중요한 사건이기 때문이다. 하지
만 2.28민주운동에 대한 사람들의 인식은 높지 않은 편이다. 주변 친구
들에게 물어보아도 열에 아홉은 2.28에 대해 제대로 알고 있지 않았다.

💬 자기소개 부탁드립니다.

🎤 네. 안녕하십니까. 2.28민주운동기념사업회에서 홍보국장으로 일하고 있는 백재호입니다. 오늘 여러분을 만나서 굉장히 반갑습니다.

💬 2.28과 관련된 장소가 많아 2.28민주운동을 들어보기는 했는데 2.28민주운동이 뭔지 모르는 학생들이 많은 것 같습니다. 간단히 소개 부탁드립니다.

🎤 대구의 2.28민주운동은 우리나라 최초의 민주화 운동입니다. 그러니까 대구는 민주화 운동의 발신지라고 할 수 있습니다. 안타깝게도 국민들에게 잘 알려지지 않았어요. 그러다가 2018년도에 국가기념일로 지정되면서 많이 알려지기 시작했고 대구 시민들도 많은 관심을 보여주고 있습니다.

💬 네. 저희가 생각하기에도 광주 5.18민주화운동에 비해 2.28민주운동이 비교적 잘 알려지지 않은 것 같습니다. 2.28민주운동을 전국적으로 알리기 위해 계획 같은 것이 있나요?

🎤 제가 지금 들고 있는 만화 2.28도 국민들에게 2.28을 운동을 잘 알리기 위한 작업의 일환이겠죠. 내일은 또 시민운동장 야구장에서 전국 학생 티볼대회가 2.28 대회로 개최가 됩니다. 37개 정도의 팀이 참여할 예정입니다. 20년 동안 이어오고 있습니다만 2.28학생 글짓기 대회를 전국적으로 공모를 해서 6월 말에 아마 시상식을 하게 될 텐데 그런 사업을 많이 벌이고 있죠. 그러나 그런 것만으로는 국민들에게 널리 알리기가 힘들기에 앞으로는 좀 더 전국적으로 알릴 수 있는 사업을 만들어야겠다는 생각이 있습니다.

💬 앞서도 잠깐 말씀드렸지만 대구에는 2.28 관련해서 장소가 많습니다. 이런 시설물들을 간단히 소개해주시고 앞으로 이런 시설을 더 지을 계획도 있는지도 알려주세요.

🎤 지금 여기에 2.28민주운동 기념회관이 있고요. 동성로에 가면 2.28 중앙공원이 있지요. 그리고 두류공원에 가면 2.28기념탑이 있어요. 그리고 얼마 전에는 예전 신암중학교 자리에 2.28기념 학생도서관도 설립되었습니다. 이런 식으로 대구에는 2.28 기념 시설들이 많이 산재해 있습니다. 이렇게 흩어져있는 것들 한곳에 모아야 한다는 의견도 있고 새로운 시설을 만들어야 한다는 의견도 있지만 그러기에는 막대한 돈이 필요해 상당히 어려움이 있습니다. 만약 새로운 기념물이 지어진다면 그건 2.28기념사업회에서 직접 만들기보다는 각 학교별, 혹은 각 시민단체별로 2.28 시설들을 만들려는 시도들이 있습니다.

💬 2.28민주운동기념사업회는 어떻게 만들어지게 되었나요?

🎤 2.28민주운동이 1960년 2월 28일에 일어났는데 2.28 주역들이 여러분이랑 비슷한 나이였어요. 고등학교 2학년이었어요. 2.28민주운동을 일으키고 나서, 그분들이 그때는 상당히 어린 나이였기에 2.28기념사업이 제대로 진행하기 힘들었습니다. 하지만 이분들이 나이가 드시고 나서 2.28민주운동이 아주 특별한 사건이고 대구의 아주 자랑스러운 역사이므로 여러 가지 사업 시도들을 해야겠다고 하여 1960년에 처음 시작했습니다. 2000년에 김대중 대통령이 2.28민주화운동 40주년에 국가 원수로서 직접 오셔서 기념식에 참여하셨어요. 2.28 주역들이 '아, 우리도 그냥 있어서는 안 되겠다.'고 해서 민주화 운동 40주년 특별사업 위원회를 만들어서 진행을 하다가 김대중 대통령이 참석하고 올라가시고 나서는 곧바로 사단법인 2.28민주화운동기념사업회를 만들게 됩니다. 그래서 이 사단법인 2.28민주화운동기념사업회가 2.28민주운동기념사업회가 된 것이죠.

💬 2.28민주운동이 해방 후 최초의 민주화 운동이라는 것은 이제 알겠습니다. 그런데 2.28민주운동과 4.19 혁명은 무슨 관련이 있는 건가요?

🎤 1945년 해방이 되고 나서 우리나라가 바로 우리나라 정부를 수립했던 것이 아니고 3년 동안 미군의 통치를 받았어요. 우리나라가 우리 스스로 해방된 것이 아니고 미국에 의해 해방되었기 때문에 미군이 3년 동안 통치를 합니다. 그러다가 1948년 8월 15일이 돼서야 우리나라 정부가 정식으로 수립됩니다. 그러니깐 2.28 민주화 운동은 1948년에 우리나라 정부가 수립되고 나서부터 계산해서 우리나라 최초의 민주화 운동이라고 합니다. 해방 이후 최초의 민주화 운동이라는 것은 약간 다를 수 있죠. 대한민국 정부 수립 이후 최초의 민주화 운동이다가 정확한 표현입니다.

4.19와의 관련성이라는 것은 우리가 2.28 민주화 운동을 이야기할 때 4.19 혁명의 도화선이라는 표현을 많이 해요. 2.28민주운동은 1960년 2월 28일에 일어났고 4.19시민혁명은 1960년 4월 19일에 일어났어요. 4.19 혁명의 결과로 이승만이 하야-스스로 대통령직을 물러나는 시점이 4월 26일입니다. 그러니깐 2월 28일부터 시작해서 4월 26일까지 2달 동안을 4월 혁명이라고 이야기합니다. 4.19혁명의 시작점이 2.28민주운동이라고 봅니다. 2.28에서 출발해서 마산의 3.15의거를 거쳐서 4.19시민혁명이 일어나서 4월 26일 이승만 대통령이 대통령직을 포기하고 물러남으로써 우리나라 제1공화국이 문을 닫게 되고 제2공화국이 성립하게 됩니다. 우리나라 헌법을 바꿔서 2.28민주화운동은 4.19의 출발점이다, 또 도화선이라고 표현됩니다.

4.19시민혁명에 대해서 좀 설명을 드리면 상당히 격렬한 시위였습니다. 2.28 민주화운동에서는 다행히 돌아가신 분이 없습니다. 아까 질문에서 2.28은 5.18에 비해서 잘 알려지지 않았다고 했는데 가장 큰 이

유 중에 하나가 2.28은 사망자가 없는 민주화 운동이다 보니깐 그렇게
큰 비중을 두지 않았어요. 근데 5.18이나 4.19에는 엄청난 희생자가 나
왔죠. 사람들이 희생자가 많이 나온 민주화 운동에 대해서는 더 관심을
갖게 되고 감정적으로 예민해지는 것이죠. 2.28이 희생자가 없는 것은
다행으로 알아야지 희생자가 없다고 해서 좀 더 2.28이 대우를 못 받는
다고 생각하면 안 된다는 것이죠. 4.19나 5.18에 희생자가 많이 나왔다
는 것은 불행한 일입니다.

💬 5.18 하니까 생각나는데, 얼마 전부터 대구와 광주가 달빛(대구의
달구벌과 광주의 빛고을의 준말)동맹을 맺기도 하고, 대구에서는 518
버스가 광주에서는 228버스가 운영된다고 하던데 이에 대해 어떻게 생
각하시는지?

🎤 달빛동맹과 2.28버스 말이죠. 2.28 버스, 사실 그 버스 디자인은 우
리가 했죠. 광주에서 랩핑해서 디자인을 버스에 담아서 운영하고 있는
데 굉장히 감사한 일이죠. 사실은 광주시장이 지난번 2.28기념식 때 대
구에 오셨을 때 대구에 5.18 버스를 보시고 2.28이 대구의 시민 정신

중 하나니깐 2.28 버스를 운행해야겠다고 하셔서서 운행하게 되었습니다. 지역주의 이런 것들이 대구와 광주를 거리감 있는 지역으로 만들었지만 앞으로 이런 노력을 통해서 대구와 광주가 좀 더 가까운 도시가 될 수 있을 거라는 생각을 합니다.

💬 2.28민주운동에 참여한 학교를 소개해 주세요.

🎤 2.28민주운동은 그 당시에 일요일에 등교를 시켰어요. 경북도청에 학무국이라는 곳이 있는데 그게 지금의 교육청 역할을 했어요. 이곳에서 대구의 8개 공립학교에 학생들의 일요일 날 등교 지시를 합니다. 그 일요일이 바로 2월 28일이었어요. 그 2월 28일날 대구 수성 천변에서 야당 부통령 후보 장면 박사의 유세가 있었거든요. 학생들이 장면 박사 유세장에 가는 걸 못 가게 하기 위해서 경북도청 학무국에서 학생들을 일요일 날 등교시키라고 지시를 내한 거예요. 근데 학생들이 바라보기에는 야당 부통령 후보를 못 가게 하려는 수작이 뻔히 보이니깐 '이것은 부당한 것이다'라고 했고, 이것이 시위의 발단이 됐죠. 그 학교는 경북

도청으로 향하고 있는 경북고 시위대

고등학교, 경북사대부고, 경북여고, 대구 고등학교, 대구상고, 대구농고, 대구공고, 대구여고 이렇게 8개 학교예요. 이 8개 학교는 공립학교니까 학무국에서 바로 지시할 수 있었죠. 그래서 이 학교의 학생들이 들고 일어나고 시민들이 동조해서 2월 28일 날 다 같이 일어나게 된 거죠.

💬 2.28민주운동 결의문은 어떤 내용이었고 구체적으로 누가 작성하였는가요?

🎙 2.28 결의문을 읽은 것은 1960년 2월 28일 날 당일에 12시 55분으로 추정합니다. 경북고등학교 부학생 위원장 이대우라는 분이 있는데 그분이 학교 조회단에 올라가서 이 결의문을 낭독해요. 결의문은 그 전날 작성했습니다. 2월 27일 밤에 경북고등학교 하청일이라는 분이 초안을 잡아 썼는데 이 분은 휴학생이었어요. 등록금이 없어서 학교를 휴학을 한 상황이었죠. 결의문은 '횃불을 밝혀라. 동방의 빛들아. 그 빛 다시 한 번 비추면 너는 동방의 빛이 되리라.' 이런 내용이에요. 인도의 시인 중에 타고르라는 분이 있는데, 이 분이 쓴 '동방의 등불'이라는 시가 있거든요. 조선은 그 당시에 식민지 시대였기에 조선을 위해서 바치는 인도의 시인 타고르라는 사람이 쓴 시의 일부를 인용해서 결의문을 씁니다. 마지막에는 '백 만 학부의 피가 있거든 일어서라. 절대 불의에 굴하지 않고 싸워나가겠다'는 결의에 찬 글을 씁니다.

그런데 이 글은 '정말 고등학생이 썼을까'라는 의문을 품을 정도로 수준이 굉장히 높습니다. 그 당시에 고등학생들은 지금 고등학생들하고는 약간 다릅니다. 지금 고등학생은 개인적인 문제에 관심이 많지만 그 당시 고등학생들은 사회 문제나 정치 문제에 대해 관심이 많았습니다. 그때 우리나라 문맹률이 35%가 넘었어요. 그럴 수밖에 없는 게, 해방 직후에는 한글을 모르는 사람이 85%가 넘었어요. 학교에서 안 가르치니

결의문을 낭독하고 있는 학생들

배울 곳이 없었던 거죠. 우리나라 국민들이 워낙 배우는 것을 열심히 하고 좋아하는 사람들이어서 그 문맹율이 급격하게 줄어듭니다. 그래서 12년 만에 80%가 넘던 문맹률이 30% 대로 떨어진 겁니다. 그 높은 문맹률 속에서 고등학생 같으면 지식인 대우를 받았어요. 그래서 그 결의문이 있을 수 있던 겁니다.

💬 2.28기념사업회 홍보국장을 하시게 된 계기나 이유가 있나요?

🎙 저는 여기서 근무하기 전부터 2.28민주운동에 관심이 많았고 회원 활동을 오래 했습니다. 그러다 보니깐 자연스럽게 제가 하게 됐습니다. 제가 홍보국장을 하면서 여러 가지 면에서 2.28민주운동을 새롭게 조명하고 새로운 부분을 발굴하는 데 많은 에너지를 쓰고 있습니다. 제가 할 수 있는 것

은 이런 일들을 통해서 대구에 역사적 자부심을 심는 것입니다. 대구의 자랑스런 역사, 나는 이런 자랑스런 지역을 위해 2.28민주운동을 다시 발굴해서 앞으로 시민 정신화 시켜 나가는 일을 할 것입니다. 계기가 있었다면 이런 계기가 있다고 봐야겠죠.

💬 2.28민주운동이 더 잘 알려지기 위해 우리 같은 학생들이 할 일은 무엇이 있는지?

🎤 여러분들이 큰 부담을 가지고 할 것은 없고 다만 '2.28민주운동은 우리 지역의, 내가 사는 대구의 자랑스런 역사다.'라는 것을 먼저 머리에 새겼으면 합니다. 그래서 '나는 자랑스런 지역에 사는 사람이다.'라고 하여 자부심을 가지고 '선배들의 기백과 전통을 내가 이어 받아야 겠다.'라고 생각하는 것만으로도 충분합니다. 그러므로 2.28 만화 같은 것을 통해서 '2.28, 이런 역사적 사건이 있었구나.' 이런 것을 머리에 담고 있는 것만으로도 충분히 도움이 될 것입니다.

💬 영남공고 학생들에게 하시고 싶은 말씀해 주세요.

🎤 여러분과 같은 세대의 고등학생들이 1960년에 많은 고민을 했다고 합니다. 사람은 '어떻게 살 것인가' '내가 어떻게 죽을 것인가' 이렇게 두 가지 고민을 한다고 합니다. 2.28 당시에 2.28민주운동을 이끌었던 주역들도 똑같은 고민을 했었어요. 그러니 여러분도 사람이기에 이런 고민을 하는 날이 분명히 올 것입니다. 그때 2.28민주운동 주역들의 고민을 떠올려 보면 여러분이 굉장히 현명한 선택을 할 수 있을 거라 믿습니다. 2.28 주역들은 치욕스럽게 사는 것보다는 대의를 위해서 죽겠다는 선택을 한 거죠.

　　2.28민주운동의 주역이 우리 같은 고등학생이라는 것을 알고 너무 놀랐다. 사실 2.28민주운동이 뭔지는 알고 있었지만 내 또래 고등학생들이 한 일일 거라고는 미처 생각 못 했다. 만약 내가 그 당시에 고등학생이었으면 어땠을까 생각해보면 솔직히 자신이 없다. 아마도 심하게 두려워하면서 교실에 남아 있거나, 만약 참가했다 하더라도 구석에서 소극적으로 구호를 외치는 정도였을 것 같다. 하지만 옳은 일을 위해 용기 내었던 그분들처럼 올바른 사회를 만들기 위해서는 때로는 용기도 낼 줄 알아야 한다. 연설문을 읽고 있던 이대우 학생의 표정도 사실은 몹시 두려움에 떨고 있었다. 그분들도 원래부터 대담하였던 것이 아니라, 세상을 바로 잡기 위해 두렵지만 용기를 내어 사람들 앞에 앞장섰던 것이기 때문이다.

기억하는 것이
가장 중요합니다

희움 일본군'위안부'역사관 백선행 팀장

인터뷰 _ 박찬호, 권세진, 박건규, 유현택

Prologue

2019년 3월 31일, 대구에 살고 계신 일본군 위안부 피해자 할머니가 본인의 자택에서 향년 97세를 일기로 별세하셨다. 이 할머니의 별세로 이제 정부에 등록된 일본군 성노예 피해 생존자는 21명만 남게 되었다. 우리 지역에 국한해 살펴보면 대구지역에는 2명, 경북지역에는 1명의 피해 할머니가 생존해 계시다. 위안부 피해자는 다른 지역에서 벌어진 먼 곳의 이야기인 줄 알았는데 우리 가까이 계신 분들에게서 일어난 이야기라는 사실에 깜짝 놀랐다. 우리 지역이 피해의 당사자일지는 정말 꿈에도 몰랐다.

💬 먼저 자기소개를 부탁드립니다.

🎤 안녕하세요. 저는 대구에 있는 희움 일본군'위안부'역사관에서 일하고 있는 백선행 팀장입니다.

💬 희움이라는 이름의 뜻이 궁금합니다. 무슨 뜻인가요?

🎤 '희움'에 '희'는 '희망'을 나타내고요. '움'은 명사형인데 '꽃피움'의 '움'에서 따왔어요. 저희 슬로건이 영어로 'Blooming their hopes with you.'이거든요. '그들, 즉 할머니들의 희망을 당신과 함께 꽃피움'이라는 의미입니다.

💬 이름만 들어서는 무슨 뜻인가 궁금했는데, 그런 멋진 이름이 숨어 있었네요.

🎤 이 이름은 일본군 위안부 문제 해결을 위해 활동하는 사단법인 정신대 할머니와 함께 하는 시민모임의 브랜드이기도 해요. 저희가 위안부

할머니들의 심리 치료를 위해서 피해자 정서 치료 프로그램 일환으로 압화 활동을 진행했었거든요. 이렇게 활동한 위안부 할머니들의 작품들을 모티브로 여러 가지 물품들을 제작했어요. 이 물품들의 브랜드명으로 사용되고 있기도 합니다.

🗨 어떤 물품들이 있나요?

🎙 저희 물품 판매 사이트가 있어요. http://www.joinheeum.com 인데요. 여기 가면 굉장히 다양한 굿즈들을 판매하고 있습니다. 의류, 가방, 파우치, 책, 팔찌 이런 걸 판매하고 있는데요. 그 중에서 팔찌는 세간에 굉장히 화제가 되기도 했었지요.

🗨 세간에 화제가 되었다면 어떤 일이 있었다는 건가요?

🎙 혹시 양요섭이라고 하는 연예인 아시나요? 비스트라는 그룹의 멤버라고 하더라고요. 이분이 예능 프로그램에 저희가 만든 팔찌를 착용하고 출연하셨어요. 이게 저희가 만든 의식 팔찌가 크게 알려지는 계기가 되었지요.

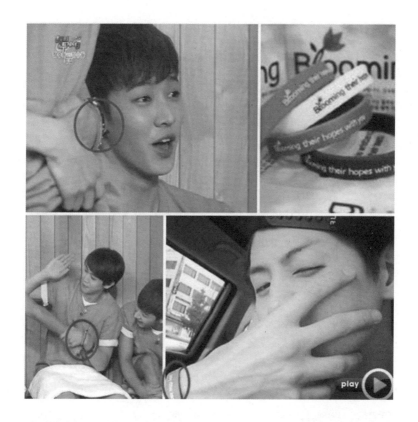

💬 우와, 정말 대단한 일이군요.

🎤 이후로 고등학교의 역사 동아리 같은 곳에서 위안부 문제를 접하거나 뉴스를 보고 의식 팔찌를 공동 구매하기도 했었어요. 동아리 학생들이 반마다 돌아다니면서 공동 구매 신청을 받아서, 전교 1,100명 정도의 학생들이 총 1,200개가 넘는 팔찌를 구매하는 일이 벌어지기도 했지요.

💬 우와, 그렇군요. 그럼 희움 일본군'위안부'역사관에 대해 소개해주세요.

🎤 역사관은 1920년 지어진 일본식 건물을 리모델링해서 만들었습니

다. 대구 중구 경상감영길, 대구중부경찰서 맞은편에 있는 흰색 벽면에 기와 지붕이 있는 2층짜리 건물입니다. 일본식 건물 틀을 두고 한옥 기와를 덧입혔어요. 원래는 이 건물이 우리나라 자본으로 지어진 건물이었는데, 우리나라의 문화재를 많이 약탈해갔던 것으로 유명한 오쿠라 다케노스케라는 일본인이 소유하기도 했었다고 해요. 역사관에는 대구·경북 위안부 피해 할머니 26명의 삶 이야기와 사진, 유품뿐 아니라 일본군 위안부의 역사가 담겨있는데, 1층 전시실에는 대구·경북에 사는 위안부 피해 할머니 26명의 삶을 다룬 자료와 사진 등으로 꾸몄어요. 할머니들이 직접 인터뷰한 영상 등을 보여주는 영상실, 교육실 등도 있어요. 그리고 한켠에는 팔찌와 가방 등 희움 상품 오프라인 판매대도 있어요. 2층에는 위안부 역사에 대한 전반적인 운동사를 소개하고 있어요. 2층 뒷편을 증축해 만든 야외 전시·공연장도 있고요. 건물 안뜰에는 이 건물이 지어질 당시 심어진 90년 넘은 라일락 나무도 보존돼 있어요. 역사관 들리시면 꼭 확인해보시기 바랍니다.

💬 관람 시간은 어떻게 되나요?

🎤 관람일은 화요일부터 토요일(일·월요일·공휴일 제외) 오전 10시부터 오후 6시까지입니다. 관람료는 어린이는 무료이고요. 청소년은 1천 원, 일반인은 2천 원입니다. 관람료와 판매 수익은 모두 위안부 문제 해결 활동과 역사관 운영 기금으로 사용됩니다.

💬 특별히 대구에 위안부 역사관을 세운 이유가 있나요?

🎤 역사관은 지난 2010년 1월 故 김순악 할머니가 "역사관을 만들어달라"는 유언과 함께 5천 여만 원을 남기면서 추진되었 어요. 김순악 할머니가 경산이 랑 대구에 사셨거든요. 사람들 이 잘 모르고 있지만, 대구·경북 은 전국에서 가장 많은 여성이 일본군 위안부로 끌려간 곳이에 요. 대구 동구 검사동에 일본 전 투비행대가 주둔하면서 위안소 가 실제 세워졌던 아픈 역사를 간직한 곳이기도 하고요. 혹시 '아이 캔 스피크'라는 영화 보셨나요? 영화의 실제 주인공이 이용수 할머니인데 요. 이용수 할머니께서도 대구분이시지요.

💬 우리 지역에 이렇게 아픈 역사가 담겨있는지는 미처 몰랐습니다. 우 리 지역에 위안부 기념관이 들어설 만하군요. 할머님들은 일본군들에게 어떤 피해를 당하셨나요?

🎤 여성들을 동원해서 무단으로 성폭력을 했지요. 우리 주변의 평범한 이웃들을 데려다가 성노예로 만들었어요. 취업을 미끼로 사기 치거나 협박하는 방법으로 여성들을 강제 동원하였습니다. 해방 후에 이분들이 고향으로 돌아왔지만, 이 여성들은 자신들이 당했던 일을 주변 사람들 에게 쉽게 이야기할 수가 없었어요. 그러다가 1991년 8월 14일에 김학 순 할머니가 공식적으로 처음 증언을 하시게 되는데요. 이 증언이 여러

사람들의 증언으로 확산하게 되는 결정적인 계기가 되었습니다. 이 할머니의 발언이 우리나라뿐 아니라 다른 나라에도 퍼져나가서 다른 나라 위안부들의 증언이 늘어나는 계기가 되기도 하였지요. 이런 분들의 피해는 당시에만 그치는 것이 아니라 큰 정신적 트라우마가 되어 현재까지도 고통받으시는 분들이 많아요.

💬 할머니들이 위안부가 된 경위는 어떻게 되나요?

🎤 취업 사기가 제일 많았어요. 거기 가면 밥도 많이 주고 집도 잘살게 해준다는 식이죠. 인신매매, 납치 이런 경우도 많았어요. 주로 가난한 사람들이 많이 피해를 입었지요. 군인들의 옷을 빨아주고 밥을 해 주면 돈을 받는다는 조건을 제시해서 사기를 많이 쳤어요. 동네 이장이 와서 너희 집 딸을 안 주면 배급을 끊는다고 협박과 강요를 하는 경우도 있었고요. 군인들이 칼과 무기를 차고 위협해서 강제 동원으로 무력하게 끌려간 경우도 있다고 해요.

💬 듣고 보니 너무 속상한 일이 많네요. 부끄러운 일이지만 사실 저는 이곳이 있다는 것을 이번에 알았어요. 역사관을 사람들에게 알리기 위한 홍보나 행사 같은 건 많이 하고 계신가요?

🎤 대구 시민들 대부분이 이런 역사관이 있는지조차 모른다고 해요. 이곳은 아까도 말씀드렸지만 김순악 할머니의 유산으로 시작되었지만 시민들의 모금으로 완공되었거든요. 이곳을 마련하는데 5억 원 정도 들었는데, 그중 3억 5천만 원이 시민 모금입니다. 시민들의 뜻이 담긴 소중한 곳인 만큼 더 알려졌으면 합니다.

💬 훌륭한 뜻을 함께 하신 분들이 엄청 많으시네요.

🎤 저희가 매주 토요일마다 동성로에서 일본군 위안부 역사관 건립 비용 마련을 위한 거리 캠페인을 했었거든요. 그때 정말 많은 대구분들이 동참해주셨습니다.

💬 최근 일제 강제 징용 판결에 대한 일본의 반발이 높다고 들었습니다. 이에 대해 어떻게 생각하시나요?

🎤 얼마 전 우리나라 대법원에서 일제강점기 강제 동원 피해자들에게 해당 일본 기업이 배상해야 한다고 판결한 것이 화제가 되었습니다. 이는 일제로부터 개인이 입은 피해 사실은 사라지지 않았다는 것이지요. 자그마치 소송을 제기한 지 10년 넘게 걸려 얻어낸 값진 판결이었습니다. 이분들은 일본에 있는 공장에 강제 동원되어 고된 노력을 했지만 임금을 전혀 받지 못했습니다. 하지만 실제로는 외교적으로 협상이 되어야지만 강제 징용자들이 배상을 받을 수 있는 것이 현실입니다. 일본의 진심 어린 사과가 있다면 이분들이 돌아가시기 전에 어떤 조치가 이루어질 수 있지 않을까 기대해 봅니다.

💬 위안부 피해 여성들의 수요집회도 있는 걸로 알고 있습니다. 소개 해주세요.

🎤 위안부 피해 여성들의 시위는 1992년도에 처음으로 시작되었습니다. 그때부터 시작해서 이 시위가 지금까지도 매주 수요일 일본 대사관 앞에서 이어져 오고 있지요. 위안부 피해 여성들의 시위는 다른 시위보다 훨씬 큰 용기가 필요한 일입니다. 여성으로서 수치심을 이기고 전면에 나서는 건 정말 힘든 일이거든요. 피해자분 중에는 결혼을 해서 자녀를 두고 계신 분도 계시니까요. 세월이 많이 지난 것도 사실이니까 뒤늦게 나서기가 많이 어려웠을 겁니다. 하지만 피해자들은 자신들의 피해 사실에 대해 용기를 내었고 그게 수요집회의 시작이 되었습니다. 이를 계기로 1993년도에 일본 정부가 위안부 문제를 공식적으로 인정하는 성과가 있기도 했지요. 하지만 결과적으로는 일본은 매번 말을 바꿔가며 미온적인 태도를 보여 피해자들을 두 번 울리는 셈이 되었습니다. 할머니들은 일본 정부가 우리가 죽을 때까지 기다리고 있다고 생각하고 계십니다. 할머니들이 돌아가시기 전에 일본의 진정한 사과가 있기를 기대합니다.

💬 수요집회 1,000회를 맞아 평화의 소녀상이 건립된 것으로 알고 있습니다. 소녀상에 대해서도 소개 부탁드려요.

🎤 네. 맞습니다. 평화의 소녀상은 수요집회 1,000회를 맞아 2011년에 처음으로 만들어졌습니다. 그리고 이것이 전국으로, 세계로 확산되는 성과가 있었습니다. 우리 대구에도 평화의 소녀상이 있는데요. 2015년 8월 15일에 대구 시민단체가 대구여상 안에 처음으로 만들었고요. 2017년 3월 1일에 대구 2.28 공원 앞에도 소녀상이 세워졌습니다.

💬 현재까지 생존해 계신 할머님들은 지금 어떻게 지내고 계신가요?

🎤 할머니들마다 조금씩 다르지만 가족들과 지내는 분도 계시고, 요양원이나 나눔의 집 같은 곳에서 생활하고 계신 분도 있으십니다. 현재 살아 계신 분은 전국에 총 21분에 불과합니다. 이분들의 평균 나이는 자그마치 90세가 넘었습니다. 이용수 할머니도 작년에 구순 잔치를 하셨습니다.

💬 할머님들에게 우리가 해줄 수 있는 일은 무엇이 있을까요?

🎤 할머니들은 많은 고통을 안고 지금까지 힘들게 살아오셨습니다. 할머니들과 함께 운동을 하지는 못하더라도, 피해자가 잘못해서 겪은 일이 아니라는 메시지를 주변 사람들과 공유할 수는 있을 겁니다. 그분들에 대한 지지는 너무나도 중요한 문제입니다. 사회로부터 큰 상처를 받았습니다. 할머니들은 일본의 정식 사과를 요청하고 있습니다. 할머니들의 경험을 기억하는 것, 그것이 우리가 할머니들을 위해 할 수 있는 가장 의미 있는 일일 것입니다.

💬 이야기를 듣고 보니 시민운동을 하시는 분들이 멋있게 느껴집니다. 시민 사회단체에서 시민운동가가 되려면 어떤 것을 준비해야 하나요?

🎙 분야마다 다르겠지만, 인권에 대한 관심이 필요하고 기본적으로 개방성이 요구됩니다. 사람들의 목소리에 귀를 기울이는 것이 중요하거든요. 관심이 있는 학생이 있다면 인턴을 해보는 것도 좋은 방법입니다. 희망하는 단체가 있다면 그 단체에 자원봉사를 해보겠다고 연락하면 할 수 있을 겁니다. 하지만 사람들의 관심이나 호응 정도에 따라 시민단체가 할 수 있는 일이 늘어나기도 하고 줄어들기도 한다는 것은 알아두시면 좋습니다. 다만 이슈가 되는 일을 하게 되면 전 국민적인 관심을 받게 되어 큰 힘이 되는 경우가 많습니다.

💬 마지막으로 영남공고 학생들에게 하고 싶은 말을 남겨주세요.

🎙 대구 일본군 위안부 역사관 '희움'은 반인류적 범죄 행위를 저지른 일제의 만행을 알려 후대가 인권과 평화, 역사에 대한 올바른 인식을 기

르는 데 매우 중요한 역할을 하고 있습니다. 할머니들이 겪었던 아픈 일들을 기억하는 것이 가장 중요합니다. 영남공고 학생들이 함께 기억해 주셨으면 좋겠습니다.

팀장님을 만나고 집으로 가기 위해 2.28민주운동기념공원 앞에 있는 버스정류장으로 갔다. 버스정류장 앞에는 평화의 소녀상이 있었다. 두 개의 의자가 놓여 있고 둘 중 하나에는 소녀가 앉아 있었다. 소녀는 무표정한 얼굴로 오직 한 가지 생각만 골똘히 하고 있는 것 같았다. 소녀의 모습에서 담담하면서도 비장한 느낌이 들었다. 그런데 비어 있는 나머지 의자 하나는 왜 만들어 둔 것일까? 이건 무슨 뜻일까? 누가 여기에 같이 앉자고 하는 말일까? 희움 역사관을 다녀와서 그런지 저 자리가 왠지 꼭 내가 앉아야 할 자리인 것 같다는 생각이 들었다.

06

현재를
즐기기 위한
뜨거운
열정

웃기는 여자라고요?
웃게 하는 여자입니다
KTC 대구평생교육원 원장·웃음치료사 권순해

인터뷰 _ 조민수, 이준혁, 권형빈, 박정환

Prologue

항상 웃으며 살아야 한다고 말하지만, 생각보다 살면서 그렇게 웃을 일이 많지 않다. 하지만 그럼에도 불구하고 우리는 웃으며 살아야 한다. 웃음은 스트레스 호르몬인 아드레날린, 노르아드레날린, 코르티졸의 분비를 억제하는 기능을 한다. 또한, 엔돌핀, 엔케팔렌 같은 진통완화 물질을 분비하여 모르핀의 약 200배에서 300배의 진통효과를 보인다고 한다. 우리가 웃으면 몸 전체 650개 근육 중 231개의 근육이 80개의 얼굴 근육 중 15개가 움직인다. 그러므로 웃으면 복이 온다는 말은 틀린 말이 아니다.

💬 안녕하세요. 자기소개 부탁드립니다.

🎤 반갑습니다. 저는 권순해입니다. 저는 대구에서 KTC 평생교육원을 운영하고 있고요. 전국을 다니면서 강의를 하고 있어요.

💬 강의라면 어떤 강의인가요?

🎤 여러 가지 강의를 하는데요. 큰 틀에서 말씀드리면 사람들이 좀 더 행복하고 좀 더 즐거운 삶을 살 수 있게 하는 주제의 강의를 하고 있어요. 강의를 듣는 대상이 중학생이면 중학생, 고등학생이면 고등학생 이렇게 딱 정해져 있지 않기 때문에, 맞춤형으로 주제가 달라지는 경우가 많아요. 강의 요청이 대학교에서도 있고 기업이나 관공서에서도 있고 그러다 보니, 강의 요청한 곳에서 요청하는 특별한 주제의 특강을 지금 다 다니고 있어요.

💬 그래도 그중에서 대표적인 강의 주제가 있을 것 같은데요.

🎤 굳이 말하자면 '행복한 삶을 사는 구체적 방법'이에요. 모두가 행복해지고 싶어 하잖아요. 하지만 모두가 행복해지고 싶다고 생각만 하지, 실제 행복한 삶을 살기 위해 실천은 하지 않는 경우가 많아요. 저는 행복을 실천할 수 있는 방법을 알려드려요.

💬 저도 행복해지고 싶어요. 어떻게 하면 행복을 실천할 수 있나요?

🎤 일단 잘 웃어야 돼요. 스트레스 관리도 잘해야 하고요. 항상 긍정적인 마인드로 생활하기 위해 노력해야 해요. 그런데 결국은 스트레스를 관리하는 것도, 긍정적 마인드로 생활하는 것도, 웃지 않으면 아예 되지가 않아요. 일단 웃는 거부터 잘해야 하지요.

💬 저희 부모님께서는 내가 웃을 일이 없다 이렇게 말씀하실 때가 있어요. 그 말을 들을 때마다 속상할 때가 많지요. 우리 부모님도 많이 웃으셔서 얼른 행복해지면 좋겠어요.

🎤 그럴 땐 억지로라도 웃어야 해요. 웃으면 마음도 변하지만, 몸도 건강해져요. 자꾸 웃어야 행복해질 수 있기 때문에, 항상 밝은 생각을 가지고 웃으면서 살아야 해요. 웃음이란, 커뮤니케이션의 여러 가지 형태 중 가장 쉽고 가장 효과가 높은, 신이 내린 마지막 선물이거든요. 인간에게 웃음이 있다는 건 참 감사한 일이에요. 그러니 부모님을 자주 웃게 해드려야 해요. 제가 웃음을 주제로 강연을 많이 하는 이유도 그래요. 웃음은 신이 내린 선물이거든요. 만약 이 세상이 신이 모든 사람들에게 공평하게 나누어 준 웃음이란 선물을 잘 쓰지 못하는 세상이라면, 누군가는 신이 이루려고 하는 세상을 이룰 수 있게 해야 한다 생각해요. 그래서 저는 이걸 강연을 통해 웃음을 전도하고 있지요.

💬 웃음 치료를 하게 된 계기가 있나요?

🎤 저도 여러분 같은 아들을 키우고 있는데요. 그런데 우리 아들이 돌이 될 때까지는 사실 다른 아이들과 다르다는 걸 몰랐어요. 주변에서도 원래 말이 좀 느린 애들이 있다고 얘기해서 우리 애도 그런 애인 줄 알았죠. 그런데 병원에 가서 검사를 해보니 청각장애라는 진단이 나왔어요. 그래서 결국 2003년도에 한쪽 귀에 인공 청각 장치를 넣는 와우 수술이란 걸 했어요. 수술 후에 어떻게든 아이한테 말하는 방법을 가르치려고 결심하고 노력했는데, 그게 제 맘대로 되지 않았어요. 아이는 발달이 느렸고, 아무리 반복해서 공부를 시켜보아도 그게 잘 안되니 시간이 흐를수록 막막하고 스트레스만 쌓여갔지요.

💬 많이 힘드셨겠어요. 그럼 웃을 일이 없으셨을 거 같은데요.

🎤 맞아요. 웃을 일이 없어졌죠. 그런데 어느 날 우연히 저희 교육원에 인근의 피아노 선생님이 찾아왔어요. 그런데 그 선생님이 '웃음치료

사' 강의를 듣고 온 얘기를 하며 "원장님이 하면 훨씬 잘할 것 같다."는 말씀을 해주셨어요. '웃음 치료'라는 말은 사실 난생 처음 들어보았거든요. 그런데 인터넷에 검색을 해보니 자료가 쏟아져요. 그 자료들을 보면서 이 일이 바로 내가 할 일이 아닌가 하는 생각이 들었습니다. 그래서 바로 웃음치료사 양성학원을 찾아갔어요. 그 길이 바로 지금의 이 일이 됐지요. 그때 그렇게 간 건 지금 생각해봐도 굉장히 잘한 일 같아요. (웃음)

💬 운명 같은 일을 찾으신 거군요. 참 잘한 일 같다고 하셨는데 어떤 것이 잘한 일 같다고 느끼시는 건가요?

🎤 일단은 저 자신이 웃게 될 수 있었으니까요. 먼저 제 자신이 웃을 수 있다는 게 좋았고, 웃음을 통해 제 아픔을 정면으로 바라볼 수 있게 되었다는 게 좋았어요. 그리고 그 웃음을 다른 사람과 함께 나눌 수 있다는 것도 좋았어요. 그때부터 저는 거리낌 없이 세상에 아들의 장애에 대해 얘기할 수 있게 되었어요. 그 후로 '웃음의 능력'을 알게 되었고, 다른 이들에게도 그 행복을 전해주기 위해 강의를 시작하게 되었습니다. 그 결과 2017년에는 한국 웃음 교육협회도 설립하게 되었지요.

💬 그러면 어떤 사람들이 웃음 교육을 받아야 할까요?

🎤 웃음을 잃어버린 사람이면 누구나 웃음 교육 대상자입니다. 영국 옥스퍼드대학 연구팀 자료에 따르면, 3개월에서 만 6세 어린이는 하루에 300번 웃는데요. 그런데 20세 이상 성인은 하루에 17번 정도 웃는데요. 그런데 한 잡지에서는 "하루 5번 이상 웃느냐?"는 질문에 20대는 81%, 30대는 36%, 40대는 28%가 그렇다고 대답하였다고 합니다. 살면서 누구나 책임감, 중압감, 스트레스, 걱정, 고민 이런 걸 갖게 되는데

요. 이런 것들이 웃음을 앗아가는 주요 원인이 되지요. 하지만 사실 그런 원인들을 우리가 살면서 피할 수는 없어요. 하지만 의도적으로 긍정적인 생각을 하고, 행복한 척, 기분 좋은 척하다 보면 진짜 행복해지거든요. 그렇게 생각하고 행동하는 것이 바로 웃음 치료예요. 데일 카네기의 '웃음 예찬'이란 글이 있는데요. 그 글의 한 구절에 '웃음없이 참으로 부자 없고, 웃음 가지고 진정으로 가난한 이 없다.'라는 말이 있어요. 나는 이 말을 늘 기억하고 다녀요.

💬 그런데 웃으면 왜 좋은 걸까요?

🎤 웃을 수 있으면 좋잖아요. (웃음) 웃을 때는 저절로 복식 호흡이 돼서 산소 공급이 원활해지고, 거기에 박수까지 치면 혈액 순환에 도움을 주니까, 면역 효과도 증대시킨다고 해요. 3분만 웃어도 윗몸일으키기를 25회 한 것처럼 운동 효과도 뛰어나고요. 암 환자들도 한바탕 웃고나면 면역세포의 활성도가 높아져서 예방과 치료에 도움을 줍니다.

💬 그러면 웃음 치료는 왜 필요할까요?

🎤 웃음 코칭을 받아 보면 그전까지는 잘 몰랐던 자신의 내면을 자연스럽게 알게 돼요. 그걸 알게 되면 그때부터 비로소 '자기 계발'이 시작되지요. 코칭을 받는 과정에서 자신의 스트레스나 분노를 영양가 있게 건강하게 해결하는 방법을 알게 되기도 합니다. 건강이 악화 되는 것과 모든 질병의 원인은 스트레스에서 비롯되니까요. 그래서 웃음과 웃음으로 불량 요소가 안 쌓이게 하고, 쌓인 것은 잘 풀어야 하지요.

💬 웃음 코칭은 어떻게 이루어지나요?

🎤 웃음을 '마음을 움직이는 심리학'이라고 하는데요. 저는 웃는 방법을

가르쳐 줍니다. 웃음 속에는 비전, 긍정적 사고, 열정, 리더십 모든 것이 포함돼 있는데, 그냥 막 웃고 나면 기억에 남는 것이 없어요, 그래서 저는 왜 당신이, 지금 이 자리에서 웃어야 하는지에 대한 정확한 방법을 이야기해 드려요. 여기서 코칭 받는 분이 어떤 분들이냐에 따라 방법이 좀 달라져요. 직장인이면 직장인, 공무원이면 공무원에 맞는 방법을 알려드리는 거죠. 이게 저만의 비결이자 트레이드 마크인데, 상대가 처한 상황에 맞게 맞춤형 코칭이 이루어진다고 보시면 돼요. 정리해서 말하면 '웃음 코칭'이란, 단순히 웃겨주는 것이 아니라 웃는 방법을 가르쳐주는 것이에요. 즉, 어떻게 웃으면 건강해지고 사회생활에 활용할 수 있는지에 대해 알려주는 것이 웃음 코칭입니다. 그냥 웃기기만 하면, 웃기는 사람 밖에 안 되는 거니까요. 그렇게 웃는 방법을 가르쳐 드리고 나면, 나도 이제부터는 좀 웃어야겠다고 생각들을 하세요.

💬 강의를 하게 된 계기가 있으신가요?
🎤 제가 강의를 하게 된 건… 음… 벌써 22년이나 됐네요. 제가 처음으로 마이크를 잡았던 건 여러분들처럼 딱 고등학교 1학년 때 은사님이

'너 참 똘똘해 보인다. 진행 한번 해볼래?'라고 물어보셨던 게 계기가 됐어요. 학교 행사였는데, 그때부터 마이크를 잡게 된 게 지금까지 하게 되었네요.

💬 해보니 어떠세요?
🎙 저는 항상 강단에 섰을 때 남들보다 기쁨이 2배예요. 이유는 잘 모르겠지만요. 남들이 권순해 너무 잘한다고 칭찬해 주다 보니깐 제가 이런 걸 잘하는지 알게 되었어요. 그러다 보니 더 잘하게 되었고, 좋아하게 되었고, 다른 사람들이 강연하는 나를 좋아해 주니까, 이 일이 더 즐거워졌어요. 그래서 지금까지 마이크를 계속 놓지 않고 계속 사람들과 연단에서 만나고 있는 것 같아요.

💬 이 일의 장점은 무엇이라고 생각하시나요?
🎙 저는 앞서 말씀드린 것처럼 연단에 서는 일들을 좋아하다 보니까 제가 하고 싶은 말들을 무대 위에서 다 할 수 있다는 게 가장 매력적인 것 같아요. 제가 말하는 것에 따라 사람들의 반응이나 변화가 바로 보이니까 그게 좋아요. 거기다가 그런 것들을 통해서 하나가 될 수 있는 부분이 너무 좋은 것 같아요.

💬 반대로 단점은 무엇이라고 생각하시나요?
🎙 만약에 제가 강연 준비가 좀 덜 되어 있으면 제가 느끼는 불안감이 상대에게 전달되겠죠? 그러면 상대가 불편함을 느낄 테고요. 그런데 아직까지는 제가 이 일 하면서, 아. '이거는 좀 힘든데?'라고 느껴본 적은 없는 것 같아요.

💬 이 일을 하면서 자신에게 도움이 된 것은?

🎤 항상 도움이 돼요. 항상! (웃음) 왜냐하면, 강연이라는 것이 저 혼자만의 단독 강연도 있지만, 그보다는 다른 사람들과 함께 강연을 하는 일이 많거든요. 그러다 보면 저보다 더 훌륭하신 특별한 사람을 만나게 되는 일이 많지요. 기본적으로 강연을 한다는 것은 특정 분야에 준비되어 있는 사람이라는 거잖아요. 그런 사람들을 만나다 보니까 그 사람들을 통해서 내가 더 많은 것을 배우는 것 같아요. 그래서 지금도 다른 분들을 보면서 제가 부족한 걸 알게 되고, 필요한 걸 찾아 공부하게 되고, 그래서 나에게는 굉장히 많은 것을 알게 해주고 성숙하게 만들어 주는 것 같아요. 제 개인의 발전이 가장 큰 것 같아요.

💬 이 일이 싫었던 적은 있나요?

🎤 일하고 싶지 않았던 적도 많지만, 그래도 강연으로 인해서 다른 사람들에게 제가 가진 것들을 나누고 베풀 수 있어서 싫었던 적은 없는 것 같아요.

💬 이 일은 언제까지 하실 건가요?

🎤 최대한 되는대로 해야죠. 저를 찾는 사람이 남아 있을 때까지 하고 있지 않을까요? 평생 했으면 좋겠네요. 그게 소원입니다.

💬 마지막으로 영남공업고등학교 학생들에게 한 말씀 부탁드립니다.

🎤 스페인에 최고의 음악가 파블로 카잘스라는 첼리스트가 있었다고 해요. 이 사람은 정말 그 지역의 최고의 음악가로 인정을 받았는데, 중요한 것은, 이분이 매일매일 하루에 4시간, 5시간씩 계속 연습을 했다고 해요. 최고 중의 최고인데도 말이죠.

　그러니까 사람들이 카잘스에게 물었어요. 혹시 내일 연주 있나요? 라고 말이죠. 그랬더니 카잘스가 아니라고 대답해요. 그러니까 사람들이 공연도 안 하는데 왜 그렇게 연습을 하세요? 라고 하니까 그 정상의 자리에 앉은 그분은 이렇게 말합니다. 내가 매일매일 연습을 하다 보니깐 내 실력이 계속 좋아진 거라고, 연습을 하지 않으면 최고가 될 수도 없고 최고의 위치를 유지할 수도 없다는 거겠지요.

　최고의 자리에 있는 사람도 그렇게 열심히 노력하는데, 고등학생인 여러분들은 어떨까요? 정말 열심히 노력해야 하겠지요. 여러분들이 실력이 좋아지려면, 어떤 분야의 최고가 되려면 매일매일 네다섯 시간씩 거기에 집중하지 않으면 안된다는 거예요. 여러분들이 30년, 40년 뒤에 성공하려면 지금의 모습이 가장 중요합니다. 삶의 트라이앵글은 표정, 행동, 언어예요. 웃음이 긍정적인 행동과 말을 만듭니다. 항상 웃으며 지내세요. 그리고 사람들과 좋은 관계를 위해 수용하고 인정하고 존중하세요.

웃음을 이야기 하러 다니시는 분은 인생을 즐겁게 사는 사람이니까 경제적으로 넉넉한 환경에서 스트레스 받지 않고 걱정 없이 사는 사람인 줄 알았다. 하지만 알고 보니 슬픈 내면의 상처를 가지고도 이를 웃음의 힘으로 이겨내시는 멋진 분이라는 걸 알았다. 우리는 이런 선생님에게 큰 감동을 받지 않을 수가 없었다. 따라서 내게 주어진 현실에 대해 불만만 가질 게 아니라 웃음을 통해 내가 처한 불만스러운 현실을 극복해가야겠다 생각하였다. 사실 공고에 진학하면서 웃을 일이 많이 없었다. 공고에 다니는 걸 부끄럽다 생각하였다. 하지만 그렇다고 해서 달라질 것은 없었다. 그렇다고 학교를 안 다닐 것도 아니고 내가 먼저 웃으며 다녀볼까 한다. 그러면 선생님 말씀처럼 많은 것이 달라지게 될 것이다. 어쩐지 내일부터는 선생님과 친구들이 좀 달라보일 것 같은 느낌이 든다.

같이 응원할까예?
그라지예!

대구FC 서포터즈 그라지예 노재관 회장

인터뷰 _ 김서윤, 김강우, 백성욱, 방준호

Prologue

올해를 기점으로 바닥으로 치닫던 K리그의 인기가 회복 국면에 접어들었다는 평가가 많다. 그리고 그 인기 회복의 중심에 대구FC가 있다. 대팍이라 불리는 새로운 축구 전용구장과 조현우라는 걸출한 스타와 함께 대구FC가 하늘 높이 비상 중이다. 그런데 그러한 대구FC의 중심엔 누가 있을까? 그런 점을 고려하면 대구FC의 중심에는 대구FC의 팬들이 있다. 그래서 등번호 12번을 12번째 선수인 팬이라고 하여 영구 결번으로 남겨 두었다. 그런데 그 팬들의 중심에는 누가 있을까? 팬들의 중심에는 바로 이 남자, 노재관 대구FC 서포터즈 그라지예 회장이 있다.

💬 안녕하세요. 회장님. 먼저 자기소개를 부탁드립니다.

🎤 네. 안녕하세요. 반갑습니다. 제 이름은 노재관이고요. 27세이고요. 현재 대구FC 서포터스 그라지예 회장을 맡고 있습니다.

💬 어떻게 해서 서포터스 회장이 되게 되셨나요?

🎤 저는 축구를 좋아해서 초등학교 때부터 대구FC 서포터스 생활을 했어요. 그래서 올해로 서포터스 생활한지 딱 17년이 되었습니다. 그런데 17년쯤 되니까 대구FC 서포터스 집단을 한 번 이끌어 보고 싶다는 생각이 들더라고요. 그래서 서포터스 회장에 출마를 하였고, 운 좋게 당선이 되었습니다. 그래서 현재 서포터스 회장으로 활동하고 있습니다.

💬 초등학교 때부터 서포터스를 하셨으면 굉장히 일찍부터 시작하신 것 같은데, 어떻게 서포터스를 할 생각을 하셨나요?

🎤 부모님 영향이죠. 부모님께서 축구를 좋아하셨어요. 그 덕에 초등학

교 때부터 부모님과 함께 축구를 보러 다녔습니다. 부모님께서도 서포터즈석에서 축구를 관람하시는 걸 좋아해서 서포터즈석에서 보게 되었는데, 축구의 응원 문화가 너무 매력적으로 느껴지는 거예요. 가만히 보는 것보다는 응원도 하면서 선수들에게 힘을 불어 넣어주는 게 굉장히 좋아 보였어요. 그러다 보니 자연스럽게 저도 서포터즈가 되었습니다. 한마디로 말해 2대째 서포터즈라고 보면 되겠네요.

💬 그럼 혹시 3대째 서포터즈에 도전하실 생각도 있으신가요?
🎤 당연하죠. 저는 앞으로 3대째 서포터즈가 될 예정입니다. (웃음)

💬 '그라지예'라는 이름이 재미있습니다. 이게 사투리 맞나요?
🎤 역시 대구 사람이라 한번에 눈치채시네요. '그라지예'는 상대의 권유에 동의한다는 경상도 사투리이자 감사하다는 뜻의 이탈리아어 'grazie'의 중의적 표현입니다. '그라지예'라는 이름을 처음부터 사용했던 건 아니고요. 원래는 '대구FC 서포터즈 연합'이라는 이름을 사용하다가 회원 공모를 거쳐 2012년부터 현재 명칭을 사용하고 있어요. 서포터즈 연합이라는 명칭에서 눈치채셨는지 모르겠지만, 대구FC 서포터즈는 여러 소모임들로 이루어져 있습니다. 낭띠, 예그리나, 니나노, 구름, 대구FC 02 등이 대표적인데요. 저는 그중에서 낭띠 출신입니다. '그라지예'는 이러한 소모임들이 연대하여 이루어진 연합체라고 보시면 됩니다.

💬 그럼 소모임에 대한 소개도 해주세요.
🎤 가장 유명한 소모임이 '예그리나'입니다. 여기는 여성 전용 소모임이니 축구에 관심이 많은 여성분들은 이곳이 좋습니다. '낭띠'라는 소모임은 2002년 창단 때부터 시작되어 전통이 깊습니다.

💬 저도 축구를 엄청 좋아하는데요. 대구FC 서포터즈가 되려면 어떻게 해야 하는지 궁금합니다. 방법을 알려주세요.

🎙 서포터즈가 되는 건 전혀 어렵지 않습니다. 먼저 인터넷에서 대구FC 공식 홈페이지를 검색해 주세요. 그리고 여기에 들어오시면 서포터즈에 가입할 수 있는 메뉴가 있습니다. 가입하시면 저희들과 함께 경기장에서 응원하실 수 있습니다. 만약 그게 번거로우시면 그냥 경기장에 찾아오셔서 서포터즈 회원들에게 직접 가입을 요청하셔도 됩니다. 저희들은 항상 스탠딩석인 S석에 있습니다.

💬 서포터즈가 하는 일은 무엇인지 소개해주세요.

🎙 당연히 대구FC 축구단을 응원합니다. 단지 대구FC를 위해 노래하고 함께 뛰는 것이 전부입니다. 서포터즈들은 모두 대구FC가 좋아 자발적으로 모인 사람들이고 구단과의 계약 관계나 이런 게 있는 걸로 오해하는 사람들도 있는데 그런 것도 전혀 없습니다. 다만 야구나 농구, 배구 응원은 전문적인 응원단장과 치어리더들이 응원을 주도하고 일반 팬

분들이 응원에 참여하는 형태지만 축구는 전문적인 응원단장이 아니라 일반 팬들이 응원을 주도하고 또 참여한다는 점에서 차이가 있습니다. 저는 축구가 팬분들이 자발적으로 응원한다는 점에서 아주 의미가 있다고 생각합니다. 하지만 대신 서포터즈 바깥에 있는 팬들이 보시기에는 그들만의 세계가 따로 있는 것 같다는 느낌을 받으실 수도 있다 생각합니다. 그런 점에서 더 많은 새로운 팬들이 서포터즈가 될 수 있도록 기존의 서포터즈들이 먼저 다가가는 노력을 해야 한다고 봅니다.

💬 서포터즈를 하면 어떤 점이 좋나요?

🎤 일단 큰 목소리로 응원하면서 스트레스를 풀 수 있고요. 자기가 응원하는 팀이 이길 때 희열을 느낍니다. 다 같이 한 목소리를 내면서 하나가 된 것 같은 느낌도 재미있습니다. 서포터즈 하면서 좋은 사람도 많이 만났습니다. 이런 점들이 좋은 점인 거 같습니다.

💬 응원할 때는 어떤 기분이 드시나요?

🎤 대구 전용 구장이 그렇게 크지 않아서 응원할 때 많이 울리는 편입니다. 많이 울리니까 진짜 응원할 맛이 납니다. 작년까지는 대구 월드컵 경기장에서 경기를 하는데 경기장이 너무 커서 응원하기가 많이 힘들었습니다. 하지만 여기는 관객들이 가까이 몰려 있으니까 반응도 좋고 그러니까 더 열심히 하게 됩니다. 보는 눈이 많아지니까 행동도 더 조심하게 되고요. 무엇보다 올해는 축구단 성적이 좋다 보니 특히 관객들이 많이 늘었습니다. 그래서 응원할 때 소름 돋을 때가 많습니다. 이제는 대구 전용 구장에 찾아오시는 모든 관중들이 모두 대구FC 서포터즈 같은 생각이 들기도 합니다. 작년보단 확실히 더 재미있습니다.

💬 대구FC만의 응원 방법이 있습니까?

🎤 축구의 응원이라는 게 보통 앞에서 1명이 리더가 콜 리더를 하면 모든 관중들이 거기에 맞춰 함께 응원을 하고, 그 장단에 맞춰 탐이라는 북도 치고 스네어라는 드럼을 치고 그러는 거거든요. 이거는 모든 팀의 서포터즈들이 다 비슷합니다. 하지만 응원가나 이런 건 팀마다 다 달라요. 우리 팀의 노래도 여러 노래가 있는데 홈페이지에 가보시면 하나하나 들어보실 수가 있습니다. 축구장에 오기 전에 한 번 들어보고 오시면 좋을 것 같습니다. 그리고 대구 전용 구장은 다른 구장과는 달리 바닥이 알루미늄으로 되어 있습니다. 그래서 영화 '보헤미안 랩소디'에서처럼 발 구르기를 함께하며 쿵, 쿵, 골! 하는 응원이 있습니다. 이런 응원도 다른 팀과는 차별화되는 우리 팀만의 응원이라 할 수 있습니다.

💬 응원을 할 때 힘든 점이 있나요?

🎤 관객들과 열심히 응원을 했는데 졌을 때 좀 허무하고 아쉽습니다.

그럴 때는 힘이 좀 빠지기는 하는데 그래도 이길 때는 힘이 나고 응원한 보람이 있으니까 괜찮습니다. 특별히 힘든 점은 별로 없는 것 같습니다. 아, 이번에 아시아 챔피언스리그에 나가게 되면서 경기 수가 많이 늘었어요. 응원도 체력이 필요한데 해외까지 나가서 응원을 하다보니까 체력이 많이 달려서 힘들었습니다. 선수들의 고충을 알겠더라고요. 하지만 그렇게 힘든 건 영광이니까 얼마든지 또 힘들어도 될 거 같습니다.

💬 그럼 응원 말고 서포터즈 회장만의 특별한 역할이 있나요?

🎤 회장은 대구FC 서포터즈를 대표하는 사람이기 때문에 항상 조직의 전체적인 의견을 수렴해서 의사결정을 하고 서포터즈의 한 해 동안의 목표, 방향을 설정하는 데 참여합니다. 또 구단과의 의견 조정 등에서도 대표자로 나서 서포터즈의 의사를 전달하는 역할을 합니다.

💬 대구FC가 이겼을 때는 어떠합니까?

🎤 지면 기분이 나쁘고 이기면 기분이 좋은 거는 누구나 다 똑같을 거라 생각합니다. 사실 전에는 이길 때보다 질 때가 더 많았는데, 올해는 잘하니까 이기는 경기가 많아져서 저희도 신기할 때가 있습니다. 특히 올해는 우리 팀이 아시아 챔피언스리그에도 나갔는데, 거기에 우리 팀이 나간 것도 신기한데 거기서 또 이기기까지 하니까 정말 신기했습니다. 어쨌든 언제나 이기면 늘 기분이 좋습니다.

💬 대구FC가 대체스터 시티라고 불리는데 느낌이 어떻습니까?

🎤 대체스터 시티는 잉글랜드 프리미어리그의 명문 팀인 맨체스터 시티를 패러디한 이름입니다. 그 팀과 다른 비슷한 이유가 있다기보다는 단지 유니폼 색깔이 비슷해서 대체스터 시티라고 불리기 시작했습니다.

그런데 그 팀은 우승을 하는 많이 하는 명문 팀입니다. 이유야 어쨌든 우리 팀이 그런 명문 팀에 빗대어서 불리는 건 영광이라고 생각합니다. 사실 대구가 시민구단이다 보니까 몸값이 비싼 선수도 없었고 성적도 좋지 않아서 인기가 별로 없던 구단이었습니다. 하지만 요즘 들어 언론에 관심받고 있는 것 같아서 참 좋습니다. 갑자기 훅 뜨니까 어안이 벙벙하기도 하고요.

💬 가장 기뻤던 순간이 있다면 언제인가요?

🎤 작년 FA컵 결승 때입니다. 우리 팀이 울산과 경기를 벌여 우승을 차지했습니다. 그때 응원가를 부르다가 목이 쉬었는데, 목이 쉬는 게 억울할 정도였습니다. 더 큰 목소리로 응원가를 부르고 싶었거든요. 우승이 결정되던 날 정말 추웠는데, 우리 팀이 우승을 하니까 너무너무 신기했습니다. 그날 대성통곡하는 사람도 많았습니다.

💬 그럼 가장 슬펐던 순간은 언제인가요?

🎤 K리그가 승강제를 도입하면서 우리 팀은 2014년부터 2016년까지 강등되어 2부 리그인 챌린지 리그에서 뛰었습니다. 그때 관중이 정말 많이 줄었습니다. 다행히(?) 저는 그 시기에 군대에 있어서 힘든 시기를 많이 겪지는 못했습니다만, 많이 안타까웠던 시간이었습니다.

💬 저는 조현우 선수를 좋아하는데, 회장님은 혹시 특별히 좋아하는 선수가 있으신가요?

🎤 조현우 선수가 지난 월드컵 때 뛰어난 선방 쇼를 펼치면서 스타로 발돋움하였습니다. 우리 팀에도 스타가 생기니 관중도 늘고 인기도 많아져서 기분이 좋습니다. 하지만 저는 대구FC라는 팀을 사랑하는 거지 특정 선수를 좋아하지는 않습니다. 저는 대구FC의 모든 선수를 좋아합니다. (웃음)

💬 역시 서포터즈 회장님다우신 말씀이십니다. 그럼 마지막으로 영남공고 학생들에게 하고 싶은 말을 짧게 부탁드립니다.

🎤 대구FC는 우리나라 최초의 시민구단입니다. 시민구단인 만큼 구단의 주인은 누구도 아닌 바로 여러분들입니다. 내가 이 구단의 주인이라는 마음으로 축구장에 나와 보시면 좋겠습니다. K리그는 수준이 떨어진다고 폄하하는 사람도 있지만 실제로 경기장에 나와 보면 그렇지 않다라는 걸 알게 되실 겁니다. S석에 오시면 항상 저와 함께 응원할 수 있

습니다. 주저하지 말고 S석으로 오세요. 그리고 학창 시절 때 고등학교 친구들이 오래 가더라고요. 옆에 있는 친구들이랑 사이좋게 지내세요.

편집을 하던 날 대구FC가 창단 첫 상위 스플릿 진출이 확정되었다는 소식을 들었다. 2002년 구단 창단 이후 처음으로 맞는 경사라 한다. 그런데 회장님이 군대에 있을 때는 팀이 2부 리그에 가고 회장님이 회장을 맡고 나서부터 성적이 좋아지는 걸 보니, 아마도 대구FC 성적이 좋으려면 노재관 회장님이 종신 회장을 맡아야 하는 건 아닌가 하는 생각이 들었다. 앞으로도 노재관 회장님과 함께 비상하는 대구FC를 기대해 본다.

07

지역
예술가들의
숭고한
걸음걸이

시란 본질을 찾아가는 끊임없는
탐험 과정입니다

시인보호구역 시인 정훈교

인터뷰 _ 이병관, 오정택, 윤사인, 김은성

Prologue

　엔진소리보다 큰 연필소리 프로젝트. 우리 학교 학생들이 쓴 시를 모아 매년 시집을 만드는 프로젝트를 일컫는 말이다. 이렇게 만들어진 책들이 학생 저자 책축제와 대구 북페스티벌을 떠들썩하게 하더니, 지난해에는 기어이 한 권의 책으로 출판까지 되었다고 한다.('선생님이 뭔데요', 바른북스) 솔직히 시 같은 걸 왜 읽는지 몰랐는데, 선배들이 쓴 책을 읽다 보니 왜 읽는지, 왜 쓰게 하는지 조금은 알 것도 같았다. 어떤건 재미 있고 어떤 건 감동적이고 어떤 건 교훈적이던 선배들의 시. 선배들보다 더 좋은 시를 쓰려면 어떻게 해야 할까?

💬 안녕하세요. 시인님. 먼저 영남공업고등학교 학생들에게 자기소개 부탁드립니다.

🎤 네. 안녕하세요. 저는 시를 쓰고 있고요. 여기 보시다시피 음악 하는 공간이기도 하고 미술 공간이기도 하고 또 이렇게 문학 서점으로 운영 되기도 하는 시인보호구역을 통해 다양한 활동을 하고 있는 정훈교라고 합니다. 반갑습니다.

💬 저희가 갑작스럽게 인터뷰를 하고 싶다고 말씀드렸는데, 그때 좀 어떤 생각이 드셨나요?

🎤 갑작스럽긴 했죠. 뜬금도 없고, 하지만 저는 어린 학생들이 온다고 하니까 뭐라도 보탬이 되면 좋겠다 싶어서 꼭 해주고 싶었습니다. 저도 이런 건 돈 드는 것도 아니고 너무 좋아서 인터뷰에 응했습니다. 제 인 터뷰가 여러분들에게 도움이 되면 좋겠습니다.

💬 인터뷰 경험은 많으신가요?

🎤 네. 많이 해봤습니다. 대구에 있는 라디오 방송은 거의 두 번 이상

출연한 경험이 있고요. 지금도 여기저기 출연 중입니다.

💬 혹시 시를 쓰시게 된 계기가 무엇인지 알 수 있을까요?

🎤 아~ 시를 좋아하시는 분들은 이걸 궁금해할 수도 있겠는데, 시를 왜 썼냐면, 사실 특별한 계기는 따로 없고 그냥 원래 시를 좋아했었습니다. 여러분들도 초등학교 때 일기장을 썼죠? 저도 초등학교 1학년 때부터 일기를 썼는데, 일기를 쓸 때 시를 딱히 배운 적이 없으면서도 일기를 쓸 때 그냥 시처럼 쓰곤 했었습니다. 막 연을 구분해서 쓰기도 하고 말이죠. 그래서 선생님한테 일기를 쓰지 않는다고 많이 혼이 나기도 했었습니다. 하지만 계속 제가 그렇게 쓰니까 그 다음부터는 선생님도 딱히 저에게 뭐라고 하시지는 않으셨어요. 아마도 선생님이 제 방식을 인정 내지는 이해를 해주신 거겠지요.

따지고 보면 시를 잘 몰랐던 그때부터 저는 시를 계속 써온 거 같아요. 지금 와서 다시 돌이켜 생각해봐도 초등학교 때도 그랬지만 중학교 때 일기장에도 그랬어요. 군대에 가서 수첩에다가 이런저런 이야기를 쓸 때도 그랬고요. 갑자기 머리에서 생각나는 이야기들이 있으면 그걸 전부 다 시로 썼어요. 그러다 보니까 제대를 하고 대학교에 가서, 원래 전공은 문학 쪽이 아니었지만, 문학 수업을 신청해서 문학 수업을 들었어요. 그때 든 생각이 '아, 이제부터는 제대로 시를 써봐야겠구나.' 뭐 이런 생각이 들었죠. 그래서 그때부터 지금까지 이렇게 시인으로 살고 있습니다.

💬 이제까지 많은 편수의 시를 써오셨겠지만, 그래도 혹시 그중에서 가장 마음에 드는 시를 저희에게 소개해주신다면 어떤 것이 있을까요?

🎤 음……. 여러분들이 좋아할 만한 시가 한 개 있기는 한데, 가수 태연

있잖아요. 그분의 노래를 듣고 제가 바로 쓴 시가 있어요. 노래를 듣고
느껴지는 영감을 즉석에서 바로 시로 썼거든요. 제가 그걸 제 시집에도
실었는데 그 시의 제목이 '붉은 나무'예요. 원래는 제목이 '만약에'였는
데, 그건 너무 촌스러운 거 같아서 '붉은 나무'로 바꿨습니다. 저는 이 시
가 가장 기억에 남네요.

붉은 나무 / 정훈교

당신은
어느 종족에도 속하지 못한 붉은 나무입니다
바람 불면
몇 잎의 꽃들 아우성입니다

당신은
쓸쓸하기도 하거니와
허공을 지우며
발아래 물아래 다녀가는 종족이기도 합니다
붉은 음색을
사위에 깔며 더디 가는 당신
우우우
곧잘 바람이 되곤 합니다
무너지는 침묵을
길 위에 펼치는 당신은
봄밤
오래된 나무

당신은
개화에도 자유롭고
낙화에도 자유로운
붉은 나무

💬 요즘은 현대인들이 바쁜 일상 때문인지 시를 잘 읽지 않는 것 같습니다. 그럼에도 시를 쓰시는 이유가 뭔지 알 수 있을까요?

🎤 그렇죠. 요즘 다들 바쁘죠. 하물며 여러분들도 저를 이렇게 보러 오는 것이 쉽지 않을 텐데……. 음, 저는 이렇게 생각해요. 다들 바쁘다고 다들 그렇게 살면 세상은 더더욱 빨라지겠죠. 그럼 여유가 없어지고 그러면 결국에는 틈에서 살아가는 세상인데 우리에게 틈이 생기지 않아요. 그러면 속이 막히고 갑갑해지겠죠. 다른 사람이나 주변을 신경도 못 쓰게 되고 관심을 주기도 힘들겠죠. 바쁘게 살고 있더라도 약간은 여유를 가지면서 다른 사람과 사물들에 대해서 관심과 사랑을 줘야지만 세상이 좀 더 느려지면서 아름답게 살 수 있거든요. 그렇기 때문에 시를 쓰고 또 많이 읽어야 좋죠. 요즘 또 워낙 휴대폰이 발달해서 사람들이 빨리빨리 넘기는 걸 좋아하잖아요. 하지만 간혹 한 달에 한 번만이라도, 한 권이 아니라도 한두 편이라도 시를 읽는 시간을 가진다면 세상이 조금은 달라지지 않을까요? 저는 그렇게 생각해서 시를 쓰고 있습니다.

💬 작가님은 시가 정확하게 무엇이라고 정의하기는 힘들겠지만 그럼에도 시를 표현할 수 있는 무언가가 있다면 그게 뭐라고 생각하시나요?

🎤 저도 그게 궁금해요. 시를 쓰는 모든 사람, 그리고 시를 쓰려고 하는 모든 사람들이 시가 무엇인지 정말 궁금할 거예요. 저도 20대 초반에는

그게 너무 궁금했어요. 그래서 당시에 유명한 시인 세 분께 메일을 보냈어요. '시가 뭐예요?'라고 써서 말이죠. 그런데 세 분 모두에게 연락이 왔어요. 그런데 그중에서 한 분은 뭐라고 그러셨는지 기억이 잘 나지 않네요. 그런데 연락 온 분들 중 한 분이 말씀하시길, '시는 자기와의 대화다.'라고 하셨어요. 그리고 또 다른 한 분은 '내가 그걸 알면 지금까지 시를 쓰고 있겠니? 그걸 모르니 계속 쓰고 있는 거지.'라고 말씀해 주셨어요. 그런데 저는 시가 이런 거 같아요.

옛날 고대의 시인들은 철학자이자 수학자이자 과학자였어요. 완전히 다른 이런 각각의 직업을 한 명이 어떻게 다 할 수 있느냐면 그건 시인이기 때문이에요. 시를 쓰는 시인들은 어떤 사물을 볼 때 눈에 보이는 거 외에 그 사물의 보이지 않는 이면 또는 그 사물에 보이지 않는 또 다른 특성들을 찾아내서 4차원적으로 바라보거든요. 만약 이 머그컵이 깨졌다고 쳐요. 이 컵이 깨져 기능을 하지 못하게 되면 우리는 그건 컵이 아니라고 하죠. 하지만 사실 이 컵을 만든 재료인 흙은 그대로 있어요. 변하지 않았죠. 우리들의 눈에 보이지는 않아도 그 본질은 전혀 변하지 않은 거예요. 저는 시란 그 본질을 찾아가는 끊임없는 탐험 과정이라고 생각해요.

💬 혹시 가장 좋아하시는 시인이 있다면 누군지 소개해주실 수 있으실까요?

🎤 저는 여러분들의 교과서에 나오는지는 잘 모르겠지만, 백석이라는 시인이 있어요. 이분은 북한 출신이라 사람들이 잘 몰라요. 한참 지나서야 사람들이 이분을 알게 되었는데 이분의 시가 그 지역의 전통적인 언어들과 풍속들을 담고 있어요. 서정적이기도 하고 그렇지만 지금 읽어도 세련된 느낌이 들어요. 그래서 많은 시인들이 좋아하죠. 시간이 흘러도 아마 많은 분들이 계속해서 좋아할 거 같아요.

💬 시인보호구역을 현재 운영 중이신데 시인보호구역을 설립하신 목적이 있으실까요?

🎤 시인보호구역이 원래는 김광석 거리에 있었어요. 그때 제 주변에 등단하기 전이거나, 등단한 시인들이 여럿 있었는데, 시를 가지고 토론을 하거나 얘기를 할 만한 마땅한 공간이 없는 거예요. 그래서 자리가 없어 쫓겨나거나 부당한 대우를 받는 이 시대의 예술인들을 위해 시인보호구역을 만들기로 했죠. 대구에서 제 나이대 혹은 제 나이보다 연하의 시인이나 소설가분들은 진짜 찾기가 힘들거든요. 그런데 앞으로도 이런 상황이 계속되다 보면 대구 문인은 아예 멸종해버릴 거예요. 위기 상황이죠. 게다가 기존에 계신 분들 중에도 잘하시는 분들은 죄다 서울로 올라가 버리고 있어요. 그러니까 대구에 문인들은 이제 정말 없는 거죠. 저는 그런 상황을 막아야 되니까 급하게 시인보호구역을 만들었어요. 그

래서 시인들이 등단이 되었건 안됐건 작가가 되고 싶은 대구의 문인들을 모두 보호하기 위해 그런 취지를 가지고 시인보호구역을 창설하였습니다.

💬 그런데 왜 서울로 가면 안 되나요? 꼭 대구에서 해야 하는 이유가 있나요?

🎤 물론 서울에서 해도 상관은 없죠. 그런데 말이죠. 한때 대구는 우리나라를 대표하는 문학의 도시였어요. 그런데 지금은 아니죠. 우리나라 문화·예술의 중심은 오직 서울이에요. 서울 아니면 모두 지방이라고 이야기 하죠. 저는 문화 권력이 서울에 있다고 해서 서울로만 갈 것이 아니라, 지역 즉 변방에서 꾸준히 노력하고 활동하면 그게 바로 중심이 되는 것이 아닐까 생각해요. 기존 질서에 편입되지 않고 독립된 개체로서 보수적인 문화·예술계의 문화 질서에 도전하고 싶어요.

💬 김광석 거리에 있다가 이쪽으로 옮겨오신 이유는 뭔가요? 김광석 거리에 있었으면 더 어울렸을 거 같아요.

🎤 맞아요. 김광석 거리에 있을 때 참 좋았어요. 저렴하기도 하고 조용해서 예술가들이 서로 모여 이야기 나누기도 좋았어요. 예술가들을 위한 지원이 많아서 저 말고도 다른 예술가들도 많이 있었죠. 월세도 보증금 없이 10만원이라 정말 좋았어요. 그런데 김광석 거리가 유명해지고 사람들이 몰려들기 시작하니까 상업 자본들이 달려들기 시작했죠. 명색이 보호구역이었는데 보호하지 못하고 파괴됐어요. 월세가 올라가니까 감당할 수가 없었지요. 이런 현상을 젠트리피케이션이라고 해요. 경제 논리 앞에서는 어쩔 수 없더라고요.

벽화에 세 들어 사는 남자 / 정훈교

방천시장, 김광석 벽화거리 사람들이 흘리고 간 지문을 지우며 비가 온다
나른한 오후에 나무가 된 사내는, 가을을 지나 나뭇잎 다 떠나보내고 어
느 봄, 꽃이 되어 아파트 열기 속으로 사라질 것이다
골목은 사내가 빠져나간 것과 상관없이 낡아갈 것이고 점점 무덤의 곡
선을 닮아갈 것이다
서른 즈음의 휴식도 잠깐 동안의 불륜이거나 짧은 사랑으로 끝나는 것
이다
어쩌면 사내는 시(詩)를 낳기도 전에 꼬리 없는 온음표로 태어나, 어느
새벽 내리는 비처럼 모든 것을 지우며 돌아갈 것이다
많이 가벼워진 것들이 종국엔 떠나거나 무너지는 것처럼

💬 저희 영남공업고등학교도 시 쓰기 프로젝트를 진행 중이에요. 매년
연말마다 시를 써서 책을 출간하는데 혹시 저희 학생들에게도 시를 잘
쓰는 방법을 소개해주실 수 있을까요?
🎤 그럼 반대로 제가 한 번 물어볼게요. 학생은 시를 잘 쓰기 위해서는
뭐가 중요하다고 생각해요?

💬 음, 영감이 아닐까요?
🎤 영감이요? 저는 영감도 중요하지만, 가장 중요한 것은 사랑이라고
생각해요. 무엇이든 쓱 하고 지나갈 때는 잘 안 보여요. 외모만 보이겠
지요. 하지만 그 내면은 잘 모르잖아요. 하지만 내가 그 사람에게 관심
과 사랑을 주면 내면이 보여요. 우리가 사물을 대할 때도, 대상을 대할
때도, 쓱 지나가면 잘 안 보여요. 하지만 천천히 지나가면 그 사물의 다

른 면이 보이듯이 관심과 사랑이 시의 기본이 아닐까 생각합니다. 고로 시를 잘 쓰기 위해서는 타인들이 못 보는 본질을 찾아갈 필요가 있어요. 즉 대상에게 관심과 사랑을 주면 시가 잘 써질 거라고 저는 생각합니다.

💬 실례지만 요즘 시로 생계유지가 가능할까요?

🎤 (웃음) 물론 여기에 대한 통계나 그런 건 없지만 제 경험으로 봤을 땐 만약 시인이 100명이라고 한다면 생계가 되는 사람은 한두 명일 거예요. 정말 유명하신 분이 아니면 다들 힘들게 살아가셔서 제 대답은 생계유지는 거의 불가능에 가깝죠.

💬 그렇다면 따로 하시는 부업이 있을까요?

🎤 네. 그렇죠. 저도 지금 시인보호구역을 운영하고 있지만, 이것도 적자거든요. 거의 백수예요. 은행에 가도 한 푼도 대출을 안 해주거든요. 저도 시인하기 전에 사회생활을 한 10년 했죠. 그때는 돈도 벌고 월급도 받고 좋았죠. 하지만 지금은 백수라서 부업으로 컨설팅도 하고, 출판사도 하고, 공연 기획도 하고, 뭐 이것저것 많이 해요. 일단은 살아야 시를 쓰는 거니 대부분 제가 알고 있는 시인들도 다들 부업을 많이 하세요.

💬 시를 언제까지 쓰실 예정이신가요?

🎤 저는 죽는 날까지 하늘에 우러러 한 점 부끄럼 없길, 정말 죽는 날까지 쓸 거예요. 저는 초등학교 때부터 남들이 인정 안 해주더라도 시를 써왔듯이 그 각오로 계속 시를 쓸 거예요. 계속 발전한다는 전제하에 시를 쓰고 노력해서 계속 쓸 거예요.

💬 시에 대한 열정이 상당히 강하신 거 같은데 혹시 1년에 시를 쓰신다면 몇 편 정도가 나올까요?

🎤 음……. 이게 답변이 참 어려운데 편수로만 따진다면 정말 많이 쓰죠. 하지만 제가 정말 마음에 드는 시를 보면 별로 없어요. 다른 시인들도 비슷하게 말하는데, 한 50편의 시를 써서 10편 정도가 마음에 든다면 그 마음에 드는 10편은 정말 좋은 시라고 하거든요. 이 시는 어딜 내놔도 부끄럽지 않은 좋은 시라고 말씀들을 하시죠. 그런데 이런 시들은 1년에 5편 내기도 힘들어요.

💬 마지막으로 영남공고 학생들에게 한 말씀 남겨주세요.

🎤 여러분들은 10대잖아요. 아직 학교에 있으니까 기회가 많아요. 물론 여러분들도 학교 생활하면서 힘든 점도 있겠지만, 앞으로 20대, 30대가 되면 더 힘든 일들이 많이 일어날 거예요. 뭐가 막히고 안될 때마다 학력이 짧아서 돈이 없어서 부모의 지원이 없어서 이런 여러 가지 핑계를 댈 거예요. 그런데 이렇게 여러 가지 핑계거리를 대버리면 앞으로 나갈 수가 없어요. 무슨 일이든지 계획을 세워가면서 계획대로 할 수 있으면 좋죠. 하지만 계획을 세우지 않고 가야 할 때도 있어요. 그래서 어떤 일이 주어졌을 때 계획도 계획이지만, 내가 이 일을 정말 하고 싶나 하고 싶지 않나를 정확하게 판단해서, 만약 '하고 싶다.'라고 하면 일단은 그 길을 가라고 말해주고 싶어요. 이것저것 재거나 생각해버리면 그 길을 못 가거든요. 만약 내가 하고 싶은 일이라고 한다면 누구와도 관계없이 자신의 길을 갔으면 좋겠습니다.

　　시인보호구역 이름이 정해진 이유를 듣고 나서 많은 생각이 들었다. 서울 중심으로 흘러가고 있는 것은 사실 문학하는 사람들만의 문제는 아니었다. 우리 주변의 모든 것들이 서울 중심으로 흘러가고 있다. 선생님 말씀처럼 조금만 잘한다 싶으면 다들 서울로 가려고 한다. 서울이 우리나라 수도인 것은 맞지만 좀 심하다는 생각이 든다. 공부 잘하는 친구들도 다 서울에 있는 대학에 간다고 하고 나도 뭐 잘하는 게 있으면 서울에 가보고 싶다. 그러고 보니 '사람은 서울로 보내고 말은 제주도로 보내야 한다'는 속담이 참 별로라는 생각이 든다. 그렇다면 대구로 보낼 수 있는 건 뭐가 있을까?

하고 싶은 거 다 하고
재미있게 살아라
극단 도적단 정호재 대표

인터뷰 _ 김기홍, 이원명, 장성호, 황태현

Prologue

내가 제일 좋아하는 연기자는 '이성민'이다. 크게 잘 생기진 않았지만 어떤 배역을 맡아도 훌륭한 연기력으로 주어진 역할을 완벽하게 소화해내는 모습이 정말 멋지다. 하지만 이 배우의 유명세에 비해 이 배우가 우리 지역 출신이라는 것을 아는 사람은 그렇게 많지 않다. 심지어 우리 지역의 소극장과 극단에서 공연을 하며 연기력을 닦았다고 하는 점은 더더욱 알려지지 않았다. 우리 지역은 이렇게 유명 배우를 배출해낼 만큼 생각보다 소극장도 많고 배우들도 많다. 전국적으로 서울 다음으로 연극 인프라가 탄탄한 곳이 대구라는 사실에 깜짝 놀랐다.

💬 자기소개 부탁드립니다.

🎤 네. 안녕하세요. 저의 이름은 정호재입니다. 거리공연가라는 직업을 가지고 있습니다. 연극배우도 하고 극단도 운영하고 여행도 하면서 즐겁게 살고 있습니다.

💬 극단 이름이 재밌습니다. 극단 이름을 도적단이라 지은 이유나 계기 같은 것이 있나요?

🎤 도적이라고 하면 언뜻 도둑들이 생각나겠지만 우리 극단 이름은 한자로 쓸 때 '도둑 도(盜)'에 '오랑캐 적(賊)'이 아니라 '길 도(道)'에 '발자취 적(跡)'을 써서 '거리 위에 우리들의 흔적들을 남긴다.'라는 의미입니다. 도적단이라는 이름을 만들게 된 계기는 우리가 아무래도 거리에서 공연하는 극단이니까 거리 공연 극단이라는 이미지를 잘 나타낼 수 있는 강력한(!) 이름은 없을까 고민하고 있었는데, 그러다가 '도적단'이라는 이름이 떠오르게 되었습니다.

💬 연기를 시작하게 된 계기는 무엇인가요?

🎙 사실 저는 수능을 치고 나서 연기를 시작하게 되었습니다. 그전까지는 연기를 해보겠다는 생각을 단 한 번도 해본 적이 없어요. 원래는 태권도로 체대 입시를 준비하고 있었는데요. 시합 준비를 하다가 크게 다치게 되었어요. 그래서 다른 걸 찾다가 연극을 하면 재미있을 것 같아 연극과에 지원하게 되었습니다. 단순한 호기심 그 이상 그 이하도 아니었어요. 운 좋게 합격을 했고 무작정 연기를 시작하게 되었습니다. 연기에 관심이 많았던 것도 아니었어요.

💬 연기를 해보니 어떠신가요?

🎙 제가 지금 32살인데요. 19살 때부터 시작해서 13년 동안 연기를 했는데 아직까지도 연기가 재미있고 신나고 앞으로도 배워갈 것이 많은 것 같아요. 앞으로도 꾸준히 계속할 생각입니다.

💬 연기가 직업이 되게 된 이유가 있나요?

🎙 아무래도 연극과를 다녔으니까…… (웃음) 돈이 되는 걸 떠나서 이 일을 했을 때가 제일 재미있었어요. 재미있는 걸 계속하고 싶었지요. 좋아하는 일을 많이 하다 보면 재미있어지게 되고 결국 잘하게 되거든요. 좋아하는 일들이 잘하게 되고 돈도 들어오게 되고 하면서 자연스럽게 저의 직업이 되었습니다.

💬 연기를 하면서 힘들었던 적이 있나요?

🎙 이런 질문 참 많이 받는 편인데요. 연극하는 사람들에 대한 편견이라고 해야 되나? 연극 하는 사람들은 경제적으로 힘들다. 뭐 이런 고정관념 같은 게 있는 것 같아요. 그런데 저는 '힘들지 않아요?'라는 질문을

들었을 때마다 좀 난감합니다. 왜냐하면 아까도 말했지만 저는 이 일이 재미있다고 했잖아요. 저는 이 일을 되게 재미있게 하고 있어요. 도리어 연기보다는 극단에서 힘든 일이 종종 있는 편이지요.

💬 극단에서 힘든 일이라면 어떤 걸 말씀하시는 건가요?

🎤 일종의 슬럼프 같은 거죠. 따지고 보면 극단에서도 힘든 점은 딱히 없어요. 하지만 극단에서는 대표 자리에서 극단을 운영해야 되다 보니까 단원들과의 관계, 우리와 연관된 다른 극단과의 관계에서 약간의 회의감을 느낄 때가 있어요. 결국은 인간관계죠. 내가 생각했던 것보다 (상대방에게) 리액션이 돌아오지 않거나 하면 괜히 그 사람에게 크게 실망하고 하는 때가 있는데 그럴 때가 저에게 슬럼프인 것 같아요.

💬 첫 무대 올라가셨을 때 기억나시나요? 첫 무대 올라갈 때 어떤 느낌이셨나요?

🎤 첫 무대는 연극과를 입학하고 얼마 되지 않아서 1학년 때 첫 무대를

서게 되었는데요. 진짜 심장이 터질 것 같았어요. 대학교 1학년 때 생각지도 못한 대극장에 올라갔었거든요. 그 무대가 바로 지금은 대구 콘서트 하우스로 바뀌었는데, 예전에는 대구시민회관이었어요. 거기서 뮤지컬 공연을 했습니다. 그 공연장에서 학교 공연으로 올라갔는데 주연도 아니고 엑스트라 이런 것이었어요. 그런데도 꽉 찬 관객들이 나를 바라봐 준다는 게 되게 떨리고 신났던 것 같아요. 많이 떨렸지만 참 좋았습니다. 사실 저는 관종(관심 받기를 좋아하는 사람의 속된 말, 관심 종자의 준말)이거든요. 사람들이 나를 관심 있게 봐주고, 보고 있고, 웃고 박수 쳐주고 하는 게, 그 대상이 나라는 게, 너무 행복했어요. 심지어 지금 이 인터뷰가 진행되는 중에도 여러분들이 나를 바라봐 주는 게 너무 좋아요.

💬 어떻게 해서 극단 대표가 되게 되었나요?

🎤 극단을 만들 생각은 웃기게도 되게 옛날부터 했었어요. 연극을 시작하면서부터 그런 생각을 했는데, 벌써 내년이면 극단이 생긴 지도 10년 차네요. 처음에는 뜻 맞는 단원들이 생기면서 하나라는 울타리를 가지고 좀 형식적으로 만든 단체였는데, 그 울타리 안에서 가족 개념이 커지면서 극단으로까지 발전된 거 같아요.

💬 처음부터 같이 극단 하시던 분들이 지금까지도 계속 같이하고 계신 건가요?

🎤 맨 처음에는 3명이 같이 시작했는데 그중에 1명은 지금 서울에서 뮤지컬을 하고 있어요. 그 친구도 처음엔 극장을 같이 만들어서 재밌게 연극을 만들어 보자는 게 목표였는데 하지만 사람에게 꿈이란 게 있잖아요. '나는 뮤지컬 배우가 되는 게 꿈이야.'라는 꿈을 가진 사람이 있고, 다른 꿈을 가진 사람도 있지요. 그런데 저는 '극단을 잘 키우는 게 내 꿈

이야.' 이게 제 목표였단 말이에요. 그런 거죠. 내 꿈을 이루기 위해서 같이 하는 사람들의 다른 꿈을 내가 막을 순 없잖아요. 내 꿈은 극단을 키우는 건데, 얘 꿈은 다른 건데, 내 꿈 때문에 네 꿈 포기하라는 말은 못하는 거거든요. 그래서 너는 네 갈 길을 가라고 했어요. 그래서 그 분 한 분은 지금 서울에 가서 뮤지컬을 하고 있고, 박효신이라던가 그런 분들이랑 뮤지컬을 같이 하는 배우로 성장을 했어요. 그리고 아까 전에 사진 찍어 주신 분 있죠? 저분이 저희 초창기 멤버예요. 저 분이랑 이렇게 저, 그 한 분 이렇게 세 명이서 같이 시작했고요. 지금 이 두 명은 같이 하고 있고, 그 이후로 다른 멤버들이 계속 붙어서 지금의 극단이 만들어진 거죠.

💬 그 한 분이 떠나갔을 때 많이 서운하셨을 거 같아요. 어떤 마음이었나요?

🎙 음……. 자기 꿈을 찾아가는 거기 때문에 크게 뭐 상심한다거나 그러지는 않았어요. 그 사람이 잘 되길 바랬죠. 그냥 그 분 뿐만 아니라 지

금 극단에서 활동하고 있는 단원들이 저희 극단을 나가서 다른 데로 가게 되면 항상 제가 하는 말이 있어요.

다른 말을 다 필요 없다. 이거 하나만 기억해달라. 네가 극단 도적단이었던 것만 기억해달라. 그리고 본인이 어디에 가서 많은 사람들 앞에서 이야기할 일이 생긴다면, 예를 들면 시상식?, 아니면 무언가에 감사의 인사를 전하는 어떠한 메시지를 전하는 곳?, 그런 곳에 가면 도적단 이야기를 한 번만 해달라고 얘기했어요. 그렇게 하니깐 서로 편해지는 거죠. 떠나면서도 안 미안해도 되는 거고, 보내면서도 슬퍼하지 않아도 되는 거고 그래서 그랬던 거 같아요.

💬 거리에서는 어떤 식으로 공연을 하나요?

🎤 음… '삑삑이'라는 캐릭터가 있어요. 저는 '삑삑이'를 연기해요. 그 캐릭터는 엄청나게 장난꾸러기고, 호기심도 많고, 사람들과 친해지고자 하는 의욕이 많은 엄청난 캐릭터예요. 그 친구가 사람들과 아이 컨택을 하면서 시작을 해요. 아이 컨택이 되면 사람들과 인사를 하고 인사를 받아주면 인사에 대한 고마움을 전하고, 뭐 이런 식으로 사람들과 친해지는 과정을 만들고, 어느 정도의 친한 사람들이 모였을 때, 제가 마임이라는 장르를 하고 있거든요. 그 마임이라는 장르를 통해서 공연을 보여주는 거죠. 마임, 마술, 저글링, 요술 풍선, 민속놀이 그런 잡기들을 저는 조금 할 줄 알아요. 그거를 가지고 사람들을 즐겁게 해주는 거죠. 그렇게 해서 사람들이 지나가다가 잠깐 5분, 10분, 한 20분? 서서 그 사람들과 잠깐 즐기고 놀 수 있는? 그런 시간을 가지는 형태로 거리 공연을 하고 있어요.

💬 주로 거리 공연을 할 때 관객들의 연령대가 어떤가요?

🎙 그거를 알 수는 없어요. 왜냐하면 만약 제가 시내에서 공연을 하잖아요? 그럼 엄청나게 많은 사람들이 있어요. 그 사람들의 불특정 다수가 서서 잠깐 보고 가거나 오래 보고 가거나 그렇기 때문에 어떤 연령대라고 말하긴 힘들고요. 정말 많은 사람들이 봐요. 그래서 제 공연도 나중에 보면 알겠지만, 남녀노소를 구분하지 않는 공연이에요. 너무 유치하지도 않고 너무 선정적이지도 않으며 너무 폭력적이지도 않는 그렇다고 해서 너무 단순하지도 않아요. 그래서 아이부터 어른, 할아버지, 할머니까지 다 즐길 수 있어요. 마술이라던가, 마임이라던가, 이런 것도 다 해요. 그러니 장르가 사라져 버리죠. 공연은 더 쉽게 더 재미있게 더 단순하게 만들려고 고민해요. 이렇게 만들어야 사람들이 유튜브나 페이스북 같은 데도 올리고 잠깐 즐기고 넘어갈 수 있더라고요. 그래서 제 공연은 모두가 다 볼 수 있어요.

💬 연극을 하면서 가장 인상적이었던 순간을 소개해 주세요.

🎙 되게 많아요. 연극으로 따지자면 관객들이 제 공연을 보고 돌아가서 남긴 후기들? SNS라던가 블로그에 올라온 후기들을 보고, 되게 인상 깊었죠. 그런 말들이 되게 힘이 되고, 아, 내가 이거를 왜 하고 있는가에 대해서 확신이 들게 되는 그런 요소들이라고 할까요? 그런 것들이 생기는 거 같아요. 이래서 좋았고, 이래서 별로였고, 이래서 괜찮았고, 누구

를 데리고 오고 싶고, 난 이런 걸 느꼈고, 그 다음에 공연할 때는 공연을 보면서 절 보고 웃는 사람들, 우는 사람들, 그런 사람들을 보면서 항상 그런 순간들 자체가 다 인상 깊었던 거 같아요. 제 입장에선…….

💬 관객들에게 안 좋은 말을 듣거나 그런 적은 없었나요?

🎤 당연히 있죠. 근데 그건 내가 해결해야 할 부분이고, 악플도 참고해서 재미가 없다면 그걸 보고 자극을 받아 재미있게 만들어야죠. 예전에 스포티비 게임즈라는 프로그램에서 방송을 한 적이 있었는데 제가 벌칙맨으로 등장한 적이 있었어요. 그게 유튜브에 영상들이 올라오게 되면서 댓글들을 보기 시작했어요. 그러면서 연예인들의 마음이 어떤 건지 알게 되었습니다.

그때 제 머리가 노란색이었는데, 머리가 노랗고 뚱뗑이고……. 많은 악플이 달렸는데 상처가 엄청 났어요. 그런 것을 저는 신경 쓰지 않을 줄 알았지만 사실 엄청나게 신경을 썼어요. 이게 5주짜리 방송이었는데, 그냥 다 잊고 또 하고 재미있게 하니깐 댓글들의 내용이 달라져요. '저 사람 웃기다. 재미있다. 씬 스틸러다.' 이런 얘기들이 올라오기 시작했어요.

아직도 악플에 대한 안 좋은 기억들은 있지만, 새로운 사람들이 저를 좋게 봐주니까 어느 순간 그런 것들을 신경 쓰지 않게 되었습니다. 저를 싫어하는 사람보다 좋아하는 사람들이 더 많다고 생각을 하고, 그 사람들을 위해서 더 열심히 하면 된다. 이런 마음으로 그런 쓸데없는 데 신경을 쓰지 않는 것이 더 낫다고 생각을 합니다.

💬 그럼 어떤 말을 들을 때 가장 힘이 나시나요?

🎤 저희는 평상시 공연을 할 때 어떤 마음가짐이냐면 저 사람한테 연극의 예술성을 보여주자. 마임의 아름다움을 보여주자. 이런 생각을 하지

않아요. 오늘 하루, 그 사람의 인생 중에서, 그리고 지금 이 순간에 한 번 피식하고 웃을 수 있는 시간을 만들어 주자 이런 마음을 갖고 있습니다. 나로 인해 누군가가 웃을 수 있다면, 그게 너무 좋을 거 같았습니다. 그래서 사람들이 '웃겨요. 재밌어요.'라고 말할 때가 가장 좋아요.

💬 연극 도중에 실수를 한 적도 있나요?

🎤 많죠. 대사가 생각 안 날 때도 있고, 처음부터 다시 할 때도 있었고, 빠르게 말한 적도 있었고. 거리 공연에서는 취객들이 난동을 피운 적도 있었고, 경찰이 오거나 차가 지나가거나 한 적이 매우 많았어요. 그런데 그런 상황들을 제가 가장 좋아합니다. 되게 재밌어요. 제가 방송에서 자주 얘기했는데, 이것을 망하는 맛이라고 합니다.

  이것이 어떤 것이냐면, 공연이 1번부터 10번까지 있다고 하면 1번부터 10번까지 쫙 진행이 돼요. 그럼 사실 너무 완벽한 공연이잖아요. 근데 난 재미가 없어요. 뭔가 너무 생각대로만 지나가서 너무 재미가 없어요. 근데 1번부터 3번까지 하다가 물건 하나가 없어진다거나, 아기가 운다거나, 강아지가 짖는다거나, 취객이 들어온다거나 그럼 3에서 1로, 3에서 2로 이런 게 생기잖아요. 그런 분위기에 맞춰서 8번을 앞으로 옮겼다가 되돌렸다가, 공연이 뒤죽박죽으로 돼요. 근데 그것을 끝내고, 사람들의 박수를 받을 때 매우 행복합니다. '내가 이걸 해내다니. 이걸 또 이렇게 내가 해내네.' 이런 느낌? 이럴 때 가장 행복합니다.

💬 앞으로의 계획은 어떻게 되시나요?

🎤 거리 공연은 계속할 계획이고, 제가 2년 전부터 매년 여름에 유럽을 가요. 여름에는 영국 스코틀랜드 쪽에 '에든버러 프린지 페스티벌'이라는 게 열려요. 매년 8월에……. 제가 30살에 여기에 처음으로 갔어요.

그때 어떤 마음이었냐면, 새로운 경험을 위해서였어요. 30살 이전에는 한국에서만 공연을 했었으니까 새로운 무언가 자극이 없었어요. 그래서 새로운 경험을 위해 30살에 유럽에 가서 많은 경험을 했어요. 그리고 작년에 그 페스티벌을 한 번 더 갔어요. 거기서 한 달 동안 공연을 하면서 성장을 했어요. 앞으로의 계획이라고 말을 하자면 저는 한 달 뒤에 유럽으로 떠나서 7월부터 9월까지 유럽에 있어요. 그래서 그때는 단지 새로운 경험을 하기만 했지만, 이번에는 지금보다 더 높은 레벨을 꿈꾸고 있어요. 지금보다 더 높은 것을 위한 준비를 하는 거죠. 그래서 유럽 체코부터 시작해서 5개국을 돌고, 에든버러에 가서 공연을 하고 돌아올 거예요. 돌아오면 지금보다 더 높은 레벨로 성장하는 것을 목적으로 두고 있고, 그렇게 더 높은 수준의 배우가 되는 것이 저의 계획이 아닐까 생각하고 있습니다. (웃음)

💬 한국과 유럽의 웃음 코드가 다르나요?

🎤 코드가 안 맞는 게 어느 정도 있기는 하지만 원초적으로 웃기다는 것은 그렇게 많이 다르지 않아요. 다만 웃음의 타이밍이 조금 달라요.

예를 들어서 A라는 상황이 발생했어요. 커피를 마시다가 코로 나오잖아요? 그러면 한국 관객들은 코에 커피가 나오는 것을 보고 웃어요. 그런데 유럽에서 경험했던 관객들은 커피가 코로 나오는 것에 웃는 것보다는 커피가 코로 나와서 거기에 대한 나의 반응을 보고 웃어요. 그런 다른 점이 있어요. 사건에 치중하는 느낌이 아니라 인물에 치중하는 느낌이 되게 많이 들어요.

💬 나에겐 연극이란 어떤 것인가?

🎤 예전에 제가 처음에 연기를 하면서 들었던 말이 있어요. 그 말이 생각이 나는데 연극은 직업이 아니라 그냥 삶이라는 얘기를 되게 많이 들었어요. 그냥 살면서 계속하는 거, 뭔가를 직업을 찾고 열심히 하고 이걸 꼭 이뤄야 되는 게 아니라 그냥 해나가는 것, 내 삶이랑 같이 내 나이가 들어가면서 같이 해나가는 것. 그게 제가 생각하는 연극이죠.

💬 돈을 목적으로 하는 것인가요?

🎤 되게 신기해요. 나중에 친구들이 이런 일들을 겪을지 안 겪을지는 모르겠지만 그런 일들이 있어요. 내 삶의 가치를 내가 앞에 있고 돈을 뒤에 두잖아요? 그럼 돈이 나를 따라와요. 그런 일들이 생기더라고요. 그리고 돈만 좇으면 돈만 좇다가 끝나더라고요. 내가 하고 싶은 것을 하니까 돈이 나를 따라오고 제가 지금은 어느 정도는 돈을 벌고 내가 살만하니까 하는 얘기일 수도 있어요. 이러다 안 될 수도 있잖아요. 근데 그게 조금 남는 것 같아요. 그게 조금 남는 인생인 거 같아요. 나중에 망하더라도 할 말이 있잖아요. 나는 꿈을 좇았지, 돈을 좇진 않았다고 망해도 멋있게 망할 수 있을 거 같아요. 그래서 저는 그런 입장입니다.

💬 그럼 마지막으로 영남공고 학생들에게 하고 싶은 말을 해 주십시오.

🎤 제가 학교에 수업을 나가면 친구들한테 항상 하는 얘기가 있어요. 저는 학생들에게 "재밌게 살아라." 이렇게 얘기해요. 만약 내 삶의 가치가 돈이라면 돈이 우선이 되어 살아도 내가 그게 즐겁다면 내가 즐거운 게 제일이에요. 내가 즐거운 게 뭐냐에 따라서 그렇게 살면 되거든요. 똑같이 학교 갔다가, 똑같이 학원 갔다가, 똑같이 시험 보고, 똑같이 취업하고 그게 즐거우면 그렇게 살면 되는데, 만약 그게 안 즐겁다면 즐거운 걸 찾아보라고 이야기해요. 왜 요즘에 개인 방송도 되게 많이 하잖아요. 나는 사는 거 자체가 그냥 개인 방송이라고 생각해요. 그냥 내 콘텐츠가 뭐고, 나만의 방송이 어떻게 끝나고, 어떻게 종영 되는지, 좋은 방송이었는지 좋지 않은 방송이었는지, 그런 건 중요하지 않아요.

나는 내 삶에 대해 욕심을 부리지 않아요. 내 목표는 죽기 전에 죽기 바로 직전에 '와, 정말 재미있게 살았다.' 이거예요. 후회 없이 재미있게 살았다는 걸 내가 인정하고 죽을 수 있는 거, 그러려면 앞으로도 계속 재미있게 살아야 돼요. 계속 내가 하고 싶은 걸 하고 살아야 돼요. 물론 희생도 필요하고 살다 보면 다른 필요한 것도 있겠지만 나중에 후회하면서 죽고 싶진 않아요. 이거 해볼 걸, 저거 해볼 걸, 이런 게 아니라 '이거 해봤는데 아, 괜히 했다.'였으면 좋겠어요. 사람들의 꿈이 사람들의 직업이 한 번 그걸 했다고 해서 그게 끝까지 가는 게 아니잖아요. 하다가 바꿔도 돼요. 이거 했다가 저거 했다가 해도 돼요. 나만 즐겁다면 그게 나중에 나한테 무언가로 돌아와요.

저는 친구들이 하고 싶은 거 하고 살았으면 좋겠어요. 그게 제가 저보다 어린 친구들한테 해 줄 수 있는 공통된 말인 것 같아요. 하고 싶은 거 다 하고 재미있게 살아라.

꿈을 위해 새로운 자극을 위해 에든버러 페스티벌까지 찾아간 선생님이 참 멋있다고 생각했다. 그런 일은 정말 특별한 사람들이나 할 수 있는 일이라고 생각했는데, 정말 평범하게 생긴 선생님이 그렇게 하셨다고 하니 나도 그렇게 할 수 있지 않을까 하는 생각이 들었다. 선생님께서는 '내 삶이 곧 연기다.'라고 하셨는데, 나도 '내 인생은 뭐다.'라고 말할 수 있는 무언가가 있었으면 좋겠다. 삶에 가치를 앞세우고 돈을 뒤에 두면 돈이 따라온다고 했는데 그게 정말 그런지는 잘 모르겠다. 하지만 선생님처럼 내가 가치를 앞세울 만한 그런 일부터 먼저 찾았으면 좋겠다.

08

소신 있게
꿋꿋하게
**걸어간
사람들**

학생 때부터 진로를 정하는 게
진짜 멋진 것

영남제과제빵 강사 파티셰 이나영, 이정애

인터뷰 _ 구민서, 김아인, 류한성, 한승표

Prologue

대구에는 맛있는 빵집이 많다. 전국의 빵덕후들이 빵지순례를 하기 위해 대구로 몰린다. 다른 지역에도 맛있는 빵집은 있지만, 대표적인 빵집 하나가 그 지역 전부를 장악하고 있는 경우가 대부분이다. 하지만 대구는 맛있는 빵집 하나가 전체를 지배하고 있는 것이 아니다. 그런 집이 여러 개 있으면서도 지금 이 순간에도 계속해서 여기저기 생겨나고 있다. 이렇게 맛있는 빵집들이 계속해서 생겨나는 저변에는 어떤 이유가 있을까? 우리는 훌륭한 파티셰를 양성하는 대구의 저력이 무엇인지 살펴보기로 하였다.

💬 안녕하세요. 자기소개 부탁드립니다.

🎤 네. 안녕하십니까. 저는 영남제과제빵학원의 강사이자 파티셰 이나영입니다.

💬 왜 파티셰가 되게 되었나요?

🎤 제가 처음으로 파티셰의 꿈을 가지게 된 건, 이렇게 말씀드려도 되는 건지 모르겠지만, 솔직히 말해 TV 프로그램을 보고 영감을 받아서예요. 애니메이션 라따뚜이 아시나요? (웃음) 라따뚜이의 꿈이 파티셰라는 것을 보고 나도 파티셰가 되고 싶다 생각했어요. 드라마 제빵왕 김탁구를 보고도 파티셰가 되고 싶다 생각했어요. 요즘 아이들이 냉장고를 부탁해라는 프로그램을 보고 셰프가 되고 싶다고 하는 거랑 비슷합니다.

💬 파티셰가 되어서 힘든 점이 있다면 무엇인가요?

🎤 제일 힘든 건…… 생각보다 이 일이 체력적으로 많이 힘들다는 거예요. 하지만 빵을 만드는 것은 제가 좋아서 하는 거라 괜찮습니다.

이 일이 아무래도 계속 서서 작업하는 직업이다 보니 다리도 아플 때가 많고 다 만든 빵을 들고 나를 때 손목도 자주 삐고 그래서 종종 많이 아픕니다.

💬 파티셰가 되려면 어떻게 해야 하나요?

🎤 사실 자격증이 없어도 조리사나 조리원이 되는 건 문제 없어요. 그러니까 빵만 만들 줄 알면 자격증 없어도 빵집은 열 수 있어요. 한식이나 중식은 자격증이 없으면 식당을 못 열거든요. 그런 점에서 빵집은 그렇게 문턱이 높지 않습니다. 누구나 파티셰가 될 수 있다 보면 돼요. 자격증이 없어도 실력 있는 사람이 나올 수는 있는 거니까요. 고객들에게 맛과 실력을 인정받는 게 제일 중요하죠.

💬 선생님들은 자격증이 있나요?

🎤 네. 저는 자격증을 가지고 있어요. 저희는 제과제빵학원에서 강사를 하고 있으니까 자격증 없이는 안 되죠.

💬 그럼 선생님도 나중에 빵집도 차리실 생각이신가요?

🎤 저는 빵집보다는 카페를 열고 싶어요. 요즘은 카페에서도 베이커리를 다 하니까요. 빵집보다는 분위기 있는 곳에서 일하고 싶어요.

💬 몇 시에 출근해서 몇 시에 퇴근하나요?

🎤 저는 강사니까 9시에 출근해서 7시 반에 퇴근해요. 하지만 빵집 같은 경우는 새벽 네 시에 출근해서 오후 1시에 퇴근해요. 아침에 문 열 때 빵이 나와야 하니까 아침에 일찍 가서 반죽해서 빵 만들고 제품 다 나와서 이제 슬슬 팔릴 때쯤에 판매하는 분께 맡기고 가야 하는 거죠.

💬 그럼 잠자는 패턴도 바뀌겠네요.

🎙 그렇긴 하지요. 학교 다닐 때보다 조금 더 일찍 자야지요. 파티셰를 하면서 친구들을 만나도 12시를 못 넘겨요.

💬 그럼 다시 태어나도 파티셰 할 건가요?

🎙 다시 태어나서 해보고 싶긴 한데, 하지만 그래도 힘들어서 못 할 거 같아요. (웃음) 너무 솔직했나요?

💬 나중에 자녀들을 낳으면 파티셰를 시키실 건가요?

🎙 저는 자기가 하고 싶다고 하면 시킬 거 같아요. 저도 이게 재미있어서 시작한 거고, 물론 힘들어서 후회가 있긴 한데, 그래도 제가 하고 싶다고 해서 시작한 거니까요. 만약 자식이 한다고 한다면 제빵학원 강사나 빵집보다는 대회를 많이 내보내고 싶어요. 대한민국 대표가 되어 버리면 해외에 많이 나가서 좋은 점이 많아요. 그래서 아이가 하고 싶다고

하면 시킬 거 같아요. 하지만 사실 대회 비용도 만만치 않거든요. 그래도 대회에 나가면 제품을 만드는 시야도 넓어지고 좋은 경험이 될 거 같아요. 하고 싶으면 뜯어말릴 정도는 아니에요. 하고 싶으면 해라. 대신 체력관리 잘해라.

💬 선생님은 기능 대회에 나가신 적 있으신가요?
🎤 저는 교내 대회에 한 번 나간 적이 있어요.

💬 파티셰가 되고 싶은 사람들에게 어떤 말을 하고 싶어요?
🎤 제일 현실적인 건 운동을 많이 하라고 하고 싶어요. 그리고 창의력을 키우라고 하고 싶어요. 왜냐하면 만들 때 뭘 추가할까 여기에서 창의력을 발휘하면 예쁜 음식들이 나오거든요.

💬 선생님은 혹시 개발해 보고 싶은 거 있으세요? 만들고 싶은 거?
🎤 아직 그런 건 딱히 생각해 본 건 없어요.

💬 제과제빵학원에서는 어떤 걸 가르치나요?

🎤 자격증반이 있고요. 제과기능반, 제빵기능반, 케이크, 데코레이션, 바리스타, 초콜릿도 합니다.

💬 그럼 여기서도 기능대회 나가나요?

🎤 할 수 있어요. 상담 받고 어떻게 해야 하는지 알려 주고 만들어요.

💬 자격증은 어떻게 가르쳐요?

🎤 제과는 26가지, 제빵은 25가지. 거기서 랜덤으로 하나 뽑아서 시험을 쳐요. 그러니까 그 종목들을 전부 배워야지요.

💬 보통 수업은 얼마나 하세요?

🎤 출근할 때부터 퇴근할 때까지 수강생이 있으면 계속해요. 제과는 2시간에서 2시간 반, 제빵은 4시간에서 5시간.

💬 빵이 만들어질 동안 뭐하고 계세요?

🎤 음…… 계란을 믹싱을 하면서 발효시키고 그때 설거지하고 잠깐 앉아 있으면 발효가 끝나요. 그러면 2차 발효를 시켜요. 그때 청소 또 하고…….

💬 그러면 쉴 틈이 없네요.

🎤 네. 그렇죠. 쉬고 싶어도 빵을 만들어야 하니까요. 그래도 20분 정도는 쉴 수 있어요.

💬 파티셰를 하면서 즐거웠던 적이 있으세요?

🎤 음…… 학생들이 자격증을 땄다고 연락 올 때가 가장 즐겁고 좋죠. 가르친 보람을 느껴서요. (웃음)

💬 자격증 시험 치는 게 어려운가요?

🎤 제과는 26개 중에 하나 제빵은 25개 중 하나가 나오기 때문에 살짝 운도 있어야 해요. 그중에서 내가 제일 못하는 거 나오면 일단은 거기서부터 약간 의기소침해지게 되는데 다른 사람이 너무 잘해버리면 내 거랑 비교가 돼버리잖아요. 그러면 그 사람은 합격이고 난 불합격이에요. 그래서 결국 다 잘해야 돼요.

💬 선생님은 몇 번 만에 시험 통과하셨어요?

🎤 저는 두 번 만에, 두 시험 다 두 번 만에 땄어요. (옆에 있던 이정애 선생님이) 저는 제과가 세 번? 제빵은 한 번. 근데 진짜 못 따는 사람은 열 번 넘게 쳐야 될 수도 있어요. 실기시험 접수에 제빵 34,000원 제과가 35,000원 정도 드는데, 열 번 정도 치면 돈이 장난이 아니에요.

💬 자격증 딸 때 선생님도 학원 다녔나요?

🎤 학교 다니면서 학교 마치고 학교에서 실습하고 학교 끝나면 학원 가서 다시 만들어 보고, 근데 학교에서 하는 걸로 자격증 쉽게 못 따요. 학원에서 가르쳐주는 게 실기시험 포인트를 집어 주거든요. 학교에서 전체적인 요점만 알려주면 학원은 이렇게 하면 제품 이거 잘 나온다, 저렇게 하면 잘 나온다, 이런 걸 알려주기 때문에 학원 다니는 게 자격증 따기가 더 쉽죠.

💬 그러면 기능 경기 같은 건 몇 시간 안에 만들어야 되나요?

🎤 그것도 대회마다 다른데 보통 경기는 빵 같은 건 발효 시간이 있고 시간이 좀 오래 걸리다 보니까 '언제까지 만들어서 제출하세요' 이런 식이에요.

💬 아, 기간을 주는 거예요?

🎤 네. 만약에 10일이 전시면 9일에 그거를 갖고 가서 전시장에 전시를 해 놓는 거죠. 학원에서 만들어서 갖고 가서 전시를 해 놓는 게 맞아요. 라이브쇼 같은 건, 보통 제빵 같은 경우에는 라이브쇼를 잘 안 하고 조리가 많긴 한데, 조리는 보통 대회가 한 3~4 시간 정도 걸려요.

💬 혹시 롤 모델 같은 거 있으세요?

🎤 롤 모델은 생각을 해본 적이 없어요. 빵 쪽은 엄청 유명하신 분들…… 뭐, 명장님 같은 분들? 만나 뵙긴 했는데 딱히 막 보고 싶다는 생각은 해봤어도 '그런 삶을 살 거야.' 이런 건 딱히…… 그분들도 고생을 엄청나게 하셨기 때문에 딱히 롤 모델로 생각해 본 적은 없어요.

💬 마지막으로 영남공고 학생들에게 한마디 남겨주세요.

🎤 이게 학생 때부터 진로를 정하는 게 진짜 멋진 거거든요. 물론 나도 어릴 때 제과제빵과를 골라서 나왔지만 제 주변 친구들 보면 누구는 사무직, 누구는 일용직 등으로 많이 가는데 이 길을 가면 끝까지 갔으면 좋겠어요. 할 거면 딱 집중해서 정상을 찍었으면 좋겠습니다. 그리고 만약에 취직을 했을 때 궁금한 게 있으면 선배들에게 많이 물어보면 좋겠어요. 예를 들어 제과제빵은 주방이 위험해서 힘하게 시작을 해요. 그래서 많이 물어봐야 해요. 그러면서 열심히 하다 보면 계속 올라갈 수 있어요.

강의 스케줄로 바쁜 가운데 시간을 쪼개 우리와 만나주신 선생님들께 진심으로 감사드린다. 원래는 원장님을 만나려고 했지만 원장님의 스케줄이 겹쳐 선생님들께서 대신 인터뷰를 맡아 주셨다. 하지만 나이도 많이 차이 나지 않아 더 편했고, 우리에게 친절하게 대해 주셔서 결과적으로는 더 잘된 일인 것 같다. 우리 학교도 바이오화공과에서 제빵 과정을 배우고 있다고 들었다. 제빵사를 꿈꾸는 바이오화공과 친구들에게 이 인터뷰가 도움이 되었으면 좋겠다.

지역의 독립예술가들을
지원합니다

인디053 신동우 음악사업팀장

인터뷰 _ 장민수, 박시우, 김나경, 최원재

Prologue

흔히 10대들은 아이돌 음악만 들을 거라고 생각하지만, 내 주변만
해도 그렇지 않은 친구들이 더 많다. 나는 상업주의에 물든 뻔한 음
악보다 인디 음악을 더 선호한다. 하지만 생활고로 사망한 인디뮤지
션들의 이야기가 기사화될 정도로 인디뮤지션의 삶은 매우 고달프다.
유명 가수들이 평생 써도 다 쓰지 못하고 죽을 정도로 많이 벌었다는
이야기와는 매우 대조적이다. 하지만 이러한 인디 뮤지션을 지원하는
단체가 있다고 하여 찾아가 보았다. 인디 음악의 생태계가 유지되는
것은 이 분들의 공을 빼놓고는 생각할 수가 없을 것이다.

💬 인디053에 대해서 소개해주세요.

🎙 저희는 인디053이라는 문화예술단체이고요. 대구에서 독립문화와 관련된 다양한 문화·예술 사업들, 지역에서 관공서와 함께 진행하는 문화·예술 관련 공공 프로젝트들을 하는 단체입니다. 정리하면 공적 영역에서 일어나는 문화·예술 관련된 일을 하는 단체라 할 수 있습니다.

💬 인디053이라고 이름을 붙이게 된 이유는 뭔가요?

🎙 '인디053'이라는 용어는 '독립'을 뜻하는 independent에 대구의 지역번호 053을 합쳐서 만든 거예요. 여기서 독립이란 정치, 경제, 사회로부터의 독립을 뜻하고요. 거대 자본에서 벗어나 지역 예술가가 할 수 있는 예술이나 사회적 활동을 지원하자 뭐 이런 뜻을 담고 있다 보시면 될 거 같아요.

💬 이 단체를 시작하게 된 동기가 뭔가요?

🎙 저는 처음에는 멤버가 아니었어요. 그래서 제가 시작할 때부터 함께 했던 것은 아니에요. 하지만 저희 대표님이 처음 인디053을 시작할 때부터 주변에 같이 있었기 때문에 내막은 잘 알아요. 처음 이 단체를 시작할 땐 어떤 사업적 목적을 가지고 있거나 특별한 의미나 의도를 가지고 시작했던 것은 아니었어요. 처음에는 대표님과 대표님 친구들 동갑 내기 4분이서 이 일을 시작했는데요. 4분이 모두 인디밴드를 하던 분이셨어요. 그래서 처음에는 그냥 인디밴드 하는 사람들끼리 음악 하면서 밥 먹고 살았으면 좋겠다 이야기 하다가, 그럼 밥 먹고 살려면 어떻게 해야 되나 이야기 하다가, 이 단체가 엉겁결에 만들어지게 된 거죠. 그때가 2007년도니까 그때 대표님 나이가 27살, 제가 이제 23살이었죠. 10년 정도 같이 일을 하고 있습니다.

💬 그럼 직원들은 다 음악 하는 사람인가요?

🎙 아니요. 음악 하는 사람들도 많지만, 그렇지 않은 사람도 많아요. 예를 들어 저희 대표님은 베이스를 쳤고요. 저는 힙합을 했고, 저희 음향 감독님은 클래식을 전공했어요. 기획사업팀에 어떤 친구는 물리학과 출신이기는 하지만 밴드를 했었고요. 또 음악을 한 건 아니지만 사업부 어느 팀장님은 H.O.T라는 1990년대 아이돌 그룹을 좋아해서 서울에서 피디를 하다 왔어요. 물론 이렇게 음악 관련된 일을 하다 온 경우도 있지만, 그냥 단순히 문화·예술계에서 일을 해보고 싶어서 온 친구들도 많아요.

💬 그래도 음악 하시던 분들이 주축이 될 것 같으면 아무래도 음악 공연이 많겠네요. 그럼 행사를 할 때 인디밴드를 주로 불러서 공연하시나요?

🎤 인디밴드를 불러서 많이 하죠. 오늘 오신 이 건물 지하가 어떤 곳이냐면, 클럽 헤비라는 곳이에요. 클럽 헤비는 대구 인디 음악의 성지와도 같은 곳이지요. 이곳은 1996년도에 대구에서 전국적으로 인디라고 하는 단어가 만들어지면서 인디에 대한 열풍이 일어났을 때 대구에서도 이곳, 클럽 헤비라는 곳에서 인디 밴드들이 공연을 시작했죠. 그러니까 대구에 많은 인디 밴드들이 만들어지고 지금까지도 명맥이 유지될 수 있는 것이 바로 밑에 지하에 있는 헤비라는 곳 때문이에요. 저희도 얼마 전에 이쪽으로 이사를 왔는데, 하필 헤비 위 3층으로 오게 돼서 재미있

게 되었어요. 하지만 저희가 음악 공연만 하는 건 아니에요. 음악 외에도 다양한 문화·예술 관련 행사들을 함께 진행합니다.

💬 그럼 음악 공연 말고는 어떤 일을 많이 하시나요?

🎤 시민 단체들과 연대 사업을 해서 축제 같은 것들을 하고요. 시골 마을에 가서 마을 어르신들하고 관련된 문화 사업도 해요. 대구 인근에 칠곡군 아시죠? 거기는 대부분 시골 마을이라 할아버지, 할머니들이 많잖아요. 혹시 그 영화 보셨는지 모르겠는데, '칠곡 가시나들'이라고 하는 영화가 있어  요. 그 영화가 뭐냐면 칠곡에 나이 많으신 어르신들이 직접 자기들이 글을 배우고 그 글을 통해서 시를 쓰는 내용이거든요. 할머니들 작품을 모아 시집을 만들고 했었어요. 그거에 관한 이야긴데 그 영화가 나오기 이전에 누군가 시집을 만들어 내는 작업을 했을 것 아니에요. 마을 어르신들한테 글자를 가르쳐주고 시를 가르쳐주고 시집이라는 콘텐츠를 만들어 내고 하는 사업을 저희가 한 거죠. 그 다음에 아마 학생들이 가장 잘 아는 것들일 텐데, 대구에 있는 김광석 길 다들 한 번쯤 가보셨을 거예요. 그럼 김광석 길을 만든 누군가가 있을 거 아니에요. 그 길을 저희가 만들었어요. 원래는 거기가 우범지대였거든요. 범죄가 자주 일어났던 무서운 뒷골목이었어요. 그러다 보니까 시에서도 범죄도 좀 예방하고 거리 분위기도 좀 바꾸면 좋겠다 해서 환경개선사업, 도시재생사업의 일환으로 벽화 그리기 사업을 추진했어요. 그래서 그 일이 우리한테 들어온 건데, 어떤 그림을 그릴까 싶어 고민하다 보니까 가수 김광석이

방천시장에서 태어난 걸 알게 된 거죠. 그래서 김광석과 관련된 콘텐츠들로 벽화를 꾸미고 길을 단장했어요. 아시다시피 관광객이 몰리고 소위 대박이 났죠. 저희가 음악하던 사람이었기 때문에 김광석을 컨셉으로 벽화 작업을 할 수 있었던 거 같아요.

💬 그럼 김광석 길에 가실 때마다 엄청 자부심을 느끼시겠어요.

🎤 네. 성공한 사례니까 자랑스럽기는 하지요. 의도하지는 않았지만, 결과적으로는 대구에서 가장 유명한 관광지가 되어 버렸어요. 사실 저희가 원했던 건 관광지는 아니었어요. 우리는 그곳에서 김광석을 좋아했던 사람들이 김광석을 추억하고, 음악을 좋아하는 친구들이 와서 편하게 버스킹 공연도 하고 거기에서 다양한 문화 활동이 이루어지길 바랐어요. 그래서 초창기엔 시에서 예술가들을 지원해서 저렴한 가격에 예술가들에게 작업 공간을 대여해주기도 했죠. 그런데 거기에 상업 자본이 들어오고 관광지화 되면서 아쉬운 점들이 많이 생겨났어요. 초창기에 들어왔던 대부분의 예술가들은 쫓겨나다시피 밀려났거든요. 그러

면서 저희가 꿈꾸었던 문화 활동은 기대하기 어렵게 되어 버렸어요.

💬 그럼 이 일을 하면서 특별히 보람 있었던 일이 있다면 어떤 게 있나요?

🎙 특별한 사례가 있다기보다는 프로젝트가 끝날 때마다 비슷하게 반복적으로 느끼는 보람 같은 게 있어요. 시쳇말로 '행사뽕'이라고 얘기하거든요. 왜 속어로 '뽕 맞는다.'는 말을 하잖아요. 그런 것처럼 어떤 프로젝트 하나가 끝이 나면, 그 끝을 내는 과정에서 오는 희열이 있어요. 이건 진짜 행사 만들어 본 사람들만이 가지는 희열인데, 진짜 뽕 맞는 거죠. 그 희열 때문에 이 일을 계속하는 건지도 몰라요. 그런데 한편으론 그 희열만큼 허무함이 찾아올 때도 있어요. 고1이 고3 때까지 열심히 공부하다가 진짜 고3이 끝났을 때 홀가분하고 신이 나고 기쁘지만 허무한 감정 같은 게 찾아올 수 있잖아요. 그런 거랑 비슷하다고 하면 이해가 될까요? 그런데 그 허무함을 다음번에는 느끼지 않으려고 더 열심히 기획하고 준비하게 돼요. 이걸 가리켜 저는 '허무한 희열'이라고 표현하는데, 이거 때문에 더 잘하려고 노력하고 더 열심히 하게 되는 것 같아요.

💬 그럼 특별히 기억나는 행사는 없는 건가요?

🎙 물론 기억나는 게 있긴 하죠. '허무한 희열'이라는 느낌을 처음으로 가졌을 때예요. 2008년에 대구에서 에너지의 날이라는 행사가 있었는데요. '에너지의 날'이 뭐냐면, 8월 22일이 에너지의 날이고, 우리나라가 처음으로 에너지 공급보다 사용량이 더 많아서 블랙아웃 정전 사태가 전국적으로 일어났던 날이에요. 그래서 많은 시민단체들이 그날 오후 8시 정각에 1분 동안 불 끄기 운동을 했어요. 모두가 카운트다운을 같이하면서 오후 8시가 딱 되면 1분 동안만 모든 불을 끄고 같이 새소리도 즐겨보고 자연을 느껴보자 막 이렇게 하는 행사였어요. 그런데 그

때 사회를 보셨던 분이 방우정 씨였거든요. 김제동 씨 아시죠? 김제동의 스승님이 방우정 씨인데, 이분이 대구에서 가장 오래된 레크리에이션 사회자 1세대예요. 여하튼 이분이 사회를 보셨는데 이분은 당시 사회를 보고 있고, 저는 현장 전체를 보고 있으니깐 상황에 따라 코치를 한다고 사회자와 계속 얘기를 나누게 되니까 조금 친분 같은 게 생겼어요. 그러면서 행사가 잘 마무리 되었어요. 그러고 나서 방우정 선생님이 저에게 '이제 뒤풀이 가냐?' 이렇게 물어보길래 '전체 정리 다 하고 뒤풀이 할 거 같습니다.'라고 대답했는데 선생님이 갑자기 제 등을 탁탁 치면서 '그럼 정리하면서 허무한 희열을 맛봐라.'라고 이야기하시더라고요. 그 순간에는 무슨 말인지 잘 몰랐는데, 정말 정리하면서 정말 허무한 희열을 느꼈죠. 그러면서 앞으로 이일을 계속해야 되겠구나. 이런 생각을 했어요.

💬 이 일을 하면서 힘들 때도 있나요? 그럴 때는 어떻게 하나요?

🎤 힘들 때 많죠. 저희 같은 기획 단체는 행사와 관련된 여러 부류의 단체들을 연결하는 통역사가 되어야 해요. 예술가가 쓰는 언어가 다르고, 행정가가 쓰는 언어가 다르고, 일반 관객들이 쓰는 언어가 다르고, 관계자가 쓰는 언어들이 다 다르거든요. 그러면 어느 누군가가 서로 다른 언어들을 해석해 줘야 해요. 그걸 저희가 해야 하는데 그게 쉽지 않아요. 저희는 예술가가 원하는 니즈도 파악해야 하고 행정가들이 원하는 니즈도 파악해야 해요. 그런데 문제는 서로 원하는 니즈가 안 맞는 경우도 있을 거 아니에요. 예를 들어 행정가들은 돈이 없어 싸게 공연하기를 원하고 예술가들은 그 가격에는 할 수가 없어요. 그러면 그 조율을 저희가 해야 하는 거죠. 또 지난번에 행정가들에게 맞춰주었으면 이번에는 예술가들한테 맞춰줘야 하잖아요. 행정가들은 지난번에 싸게 했으면 이

번에도 싸게 할 거 아니에요. 그러면 이번에는 예술가들이 더 많이 받게 해야 공정할 거 아니에요. 이런 걸 맞추는 게 쉽지 않아요. 또 예술가들은 공연의 퀄리티를 위해서는 이 정도 볼륨은 되어야 하는데 행정가들은 소음으로 인한 민원 발생 때문에 안 된다고 하는 경우도 있거든요. 이런 예들처럼 공연장에서는 서로 다른 이해관계들이 부딪히는 경우가 많아요. 이걸 현장에서 잘 컨트롤하고 관리하는 게 기획자들의 일이죠. 이런 게 귀찮기도 하고 힘이 들기도 하고 그래요.

💬 이 일을 하면서 달라진 게 뭐가 있나요?

🎤 하물며 예수도 전 인류를 구원 못 했는데, 우리가 모든 아티스트들을 구원할 순 없어요. 우리가 이 일을 시작한 지 10년이 지났지만, 여전히 아쉬운 점들이 많아요. 하지만 10년이면 강산이 변하듯이 문득 돌아보면 우리가 적지 않은 일을 해내 왔던 거 같아요. 김광석 길도 그렇고 칠곡의 할머니들이 글을 배우고 시를 쓰고 이런 것들도 사소하지만 세상을 바꾸는 일이라고 생각해요. 10년 전에는 저희가 거리에서 공연을 기획하면 밴드들이 거리에서 공연하는 거 자체가 익숙하지 않아서 힘들어하고 낯설어했어요. 하지만 지금은 여러분들도 알겠지만 거리에서 노래하는 것이 버스킹이라고 하면서 너무 흔해졌잖아요. 이런 것들이 흔해졌다는 건 겉으로 보면 잘 모르지만, 그 뒤에서는 누군가가 그렇게 할수 있게끔 열심히 지원하고 활동하고 있다는 거예요. 10년 전만 해도 인디밴드들이 자기들 음반을 만들려면 모든 걸 스스로 다 했었어야 했어요. 자기들이 직접 돈도 들이고 녹음도 하고 디자인도 하고 모든 걸 다했지요. 그런데 지금은 대구시가 인디밴드들이 자기네들 음반을 만들 수 있도록 정책적으로 지원을 해주고 있어요. 또 예전에는 밴드들이 클럽에서 공연을 할 때도 클럽들에 대한 인식이 굉장히 안 좋았어요. 하지

만 이제는 클럽에서 공연하는 걸 하나의 문화라고 생각하지 범죄의 소굴처럼 생각하지는 않거든요. 그런 변화들이 있기까지는 인디053의 노력이 적지 않았다고 생각해요. 하지만 그렇다고 해서 이런 변화들이 눈에 띄게 확 드러나는 건 아니라서 티가 잘 나지는 않아요. 하지만 보이지 않는 곳에서 작은 노력들을 기울여 알게 모르게 조금씩 변화하고 있다고 생각해요.

💬 인디053의 활동 범위는 어떻게 되나요?

🎤 053 달고 있으니까 당연히 대구를 근거지로 활동 중이죠. 모든 멤버가 대구 태생이기도 하고요. 그런데 문화, 예술 쪽 일이라는 게 특정 지역에서, 특정 지역 사람들에 의해, 특정 지역 사람들을 대상으로만 진행될 수는 없더라고요. 그러다 보니 자연스럽게 전국적인 활동을 하게 되기도 하는데, 그래도 기본적으로는 대구, 경북에서 지역의 문화 자원들을 바탕으로 지역의 문화 활동을 중심으로 활동하고 있기 때문에 대

구, 경북 위주로 돌아갈 수밖에 없어요.

💬 죄송하지만 수입이 어떻게 되는지 여쭤봐도 될까요?

🎤 사실 부모님도 제가 뭐 하는지 잘 모르세요. 그냥 쉽게 이야기를 하면 저희 부모님도 제가 월급 꼬박꼬박 잘 받아오고 하니깐 그냥 안 굶어 죽을 만한, 적당한 일을 한다고 생각하고 있어요. 저희 친척들 같은 경우는 제가 정치하는 줄 알고 있는 사람도 있어요. 이 일을 하다 보면 행정과 관련된 사람들을 많이 만나게 되니까 그러면서 정치인들도 많이 만나게 되거든요. 그리고 또 어떤 사람들은 제가 시민단체에서 일하는 줄 알고 있는 사람도 있어요. 뭐 어쨌든 시민들을 대상으로 하는 활동들이 많으니 그럴 수도 있죠. 또 어떤 사람들은 이벤트 회사에서 일을 하는 줄 아는 사람도 있어요. 축제를 만들고 하니까 그렇게 아는 사람도 있겠죠. 근데 밥 먹고 사는 거로 얘기하자면 웬만한 중소기업 일하시는 분들 정도는 받고 있어요. 저희 직원이 15명 정도 되거든요. 다들 밥 잘 먹고 잘 살고 있습니다.

💬 앞으로의 목표나 꿈이 뭔가요?

🎤 아이러니하게도 저희 단체가 없어지는 게 꿈입니다. 왜냐하면 저희가 없어진다는 것은 지역의 아티스트들이 밥을 먹고 살 수 있는 환경이 만들어져서 스스로 자생할 수 있게 되었다는 거잖아요. 만약 그렇다면 사실 상 저희 같은 단체는 필요가 없기 때문에, 저희의 목표는 저희 같은 단체가 없어지는 겁니다.

💬 영남공고 학생들에게 해주고 싶은 말이 있나요?

🎤 우리나라의 교육 풍토상 10대 때는 우리나라의 교육시스템을 벗어

나서 하고 싶은 걸 마음껏 하기는 아마 제약이 있을 거예요. 물론 10대 때도 자기가 원하면 학교를 벗어나 다양한 활동을 할 수야 있겠지만 보통은 그러기가 어렵죠. 대부분 자기가 하고 싶은 걸 마음껏 해보려면 최소 학교를 졸업하는 20대 정도는 되어야 하는데, 그래서 20대가 참 중요해요. 어떤 20대를 살아가느냐에 따라 여러분의 30대가 결정되고 삶이 바뀔 거거든요. 그런데 20대를 제대로 살기 위해서는 10대 때 여러분들이 앞으로 어떻게 살아야 할지에 대해서 치열하게 고민을 해봐야 해요. 10대 때 여러분들이 앞으로 어떻게 살아갈지에 대해서 고민을 치열하게 해놓으시고, 그 계획에 따라 20대 때 많이 배우고 많이 공부하고 많이 활동해 보셨으면 좋겠어요. 저는 그게 자양분이 되어서 여러분의 나머지 인생을 어떻게 살아야 할지 자연스럽게 정리가 되게 해줄 거라 생각해요. 독립예술가들은 자기가 하고 싶은 것을 자기 마음대로 해보고 거기에 대한 책임을 자기 스스로 지는 사람들이에요. 여러분들도 독립 예술가 같은 마인드를 가졌으면 좋겠어요.

김광석 거리가 유명해지면서 사람 하나 찾아보기 힘들던 뚝방 아래가 관광객들로 인산인해를 이룬다고 한다. 사람들이 기피하던 죽은 공간에 생명력을 불어넣은 것은 정말 대단한 일이다. 나는 여태껏 김광석 거리를 조성한 것이 대구시인 줄 알았는데 실제 주인공은 따로 있었다. 관심을 갖고 살펴보면 우리 주변에도 방천시장 못지않게 소외된 공간이 많이 있을 것이다. 이렇게 소외된 공간을 되살리기 위해서는 어떻게 해야 할 지 고민해봐야겠다. 사람들에게 소외되고 쉽게 소멸될 수 있는 것들을 지원하고 있는 분들을 만나고 와서 너무 기분 좋았다. 나도 앞으로 누군가를 지원하고 지지하는 사람으로 살아야겠다는 생각을 하게 되었다.

사람책으로 만든 사람책
수업 활동 톺아보기

1. '사람책으로 만든 사람책' 프로젝트의 시작

이 책의 정식 제목은 '우리는 학생 기자다'이지만, 본 수업 단계에서는 '사람책으로 만든 사람책'이라는 명칭을 사용하였습니다. 이 책의 부제가 '사람책으로 만든 사람책'인 것은 이 때문입니다. 이렇게 다른 명칭을 사용하게 된 것은 이 프로젝트가 로니 에버겔의 '휴먼 라이브러리' 프로젝트에 기초하고 있는데다가, 교육과정 상 '대화의 원리'와 관련된 성취기준을 재구성한 프로젝트이기 때문입니다.

만약 이 책의 제목인 '우리는 학생 기자다'를 수업 프로젝트명으로 사용하게 되면, 자칫 본 프로젝트가 '미디어 교육'에만 중점을 둔, 국어 교육과정과는 무관한 번외의 교육과정으로 오해할 여지가 있었습니다. 때문에 학생들도 쉬이 수긍할 수 있는, 교육과정과 괴리되지 않는 적당한 명칭이 필요하였습니다. 그래서 떠올린 것이 바로 '사람책으로 만든 사람책'이었습니다. 물론 이 명칭도 성취기준과 딱 맞아떨어진다고 볼 수는 없지만, 그나마 이 명칭이 '대화의 원리'와 관련한 성취 기준에 더 부합한다고 판단하였습니다. 인터뷰 대상을 선정할 때에도 지역 사회의 여러 기관에서 선정한 사람책 명단을 참고하였기에 이것이 더 적합한 명칭이라 생각하였습니다.

하지만 책의 제목을 정하는 것은 프로젝트 이름을 정하는 것과는 조금 다른 차원에서 바라볼 필요가 있었습니다. 책의 제목은 책의 내용도

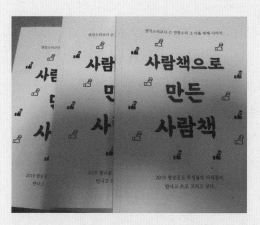

잘 반영해야 하지만 서가에 꽂힌 여러 책 중에서 한 번이라도 더 뽑아볼 수 있게 하는 강렬한 매력을 가지고 있어야만 하였습니다. 그래서 생각한 것이 바로 '우리는 학생 기자다'였습니다. 사실 '사람책으로 만든 사람책'이란 제목을 그냥 쓸까 하는 생각을 아니 했던 것은 아닙니다. '사람책으로 만든 사람책'이라는 제목은 상대적으로 좀 더 인문학적인 향기가 나면서도 리듬감도 느껴지는 좀 더 고상한 제목이라 생각하였습니다. 그래서 실제로 이 책의 초안을 낼 때에는 '사람책으로 만든 사람책'이라는 제목을 사용하기도 하였습니다. 하지만 이 책의 주된 독자층을 고려해 보면 이 제목보다는 '우리는 학생 기자다'가 더 낫다고 판단하였습니다. 이 편이 훨씬 단순하면서도 보다 직관적이고 호기심을 유발하는 데 더 효과적이라 생각하였습니다. 아무래도 '사람책이 뭐야?'라는 반응보다는 '무슨 취재를 했는지 한번 보자.'가 책을 꺼내 보게 하는 힘을 더 가지고 있다 생각되었기 때문입니다.

2. 한국언론진흥재단과의 콜라보레이션

우리 학교는 '사람책으로 만든 사람책' 프로젝트가 실시되었던 지난 해에 운 좋게도 한국언론진흥재단에서 주관하는 '미디어교육 운영학교'에 선정되었습니다. '미디어교육 운영학교'에 선정되면 미디어 교육과 관련된 다양한 교육 지원을 받을 수 있는데, 전문 강사 선생님들에 의한 강의 지원은 그중 하나였습니다.

우리 학교의 수업을 맡아주신 선생님은 갈진영 선생님과 최정애 선생님이셨습니다. 두 분 선생님 모두 강의 경험이 많은 베테랑인데다가 열정까지 가득하셔서 프로젝트를 진행하는 내내 큰 도움을 받았습니다. 선생님들께서는 학생들의 미디어 리터러시를 효과적으로 신장시킬 수 있는, 이미 기존에 운영하고 있던 별도의 커리큘럼이 있으셨지만, 우리가 계획하고 있는 '사람책으로 만든 사람책' 프로젝트에 대한 설명을 들으시고는 흔쾌히 우리 프로젝트에 동참해 주시기로 하셨습니다. 선생님들 입장에서는 기존에 운영하시던 커리큘럼을 그대로 활용하는 것이 훨씬 더 편리하셨을 텐데도 새로운 커리큘럼을 시도하는 번거로움을 마다하지 않으셨습니다.

　프로젝트는 기본적으로 선생님들과 제가 팀티칭으로 꾸려나가기로 하였습니다. 일주일에 3시간의 국어 수업 중 1시간은 강사 선생님들께서 진행하시고, 나머지 2시간은 제가 운영하는 방식으로 진행하였습니다. 미디어 교육에 대한 전문성을 갖춘 선생님들께서 한 차시 동안 인터뷰에 대한 가이드 수업을 하고 나면, 나머지 두 차시 동안은 제가 이를 세부적으로 구체화하여 직접 활동하고 연습하게 하였습니다. 강사 선생님들의 수업 시간에는 주로 태블릿이나 크롬북 같은 스마트 기기를 활용하는 수업을 다수 편성하였는데, 이때 잘 따라오지 못하는 학생들은 제가 보조 강사로 그 학생들을 개별 지도하는, 1교실 2교사제를 활용하기도 하였습니다.

　아이들은 한국언론진흥재단에서 제공하는 신문들과 E-NIE 사이트를 활용하여 다양한 인터뷰 기사를 발췌하고 이를 분석하면서 인터뷰 기사에 대한 감식안을 길러 나갔습니다. 인터뷰 기사문 베껴 쓰기와 인터뷰 기사 모방하기 활동을 통해 인터뷰 문장의 특성에 대해 분석해 보고, 문어체와 구어체의 차이에 대해서도 살펴보았습니다. 그리고 이를 토대로 인터뷰 기사 작성법에 대해서도 고민해 보았습니다. 인터뷰의 흐름을 이해하기 위해 플롯의 개념을 적용하여 기사문을 조직해 보기도 하고 기사문을 직접 작성해 보기도 하였습니다. 그러면서 교육과정에 나오는 대화의 원리에 대한 학습도 병행하였습니다. 인터뷰는 공식적인 말하기이지만, 교과서에 나오는 사적 대화의 원리와 크게 다르지 않았습니다. 오히려 이것이 의도적이고 계획적인 대화 활동이라는 점에서, 대화의 원리에 대해 보다 체계적으로 학습할 수 있는 기회가 되기도 하였습니다. 공식적인 활동을 통해 직업기초능력이 향상되는 장점도 있었습니다.

선생님들께서 마련해주신 '인터뷰 데이'는 그야말로 사전 인터뷰 교육 활동의 백미였습니다. '인터뷰 데이'는 본격적으로 사람책들을 인터뷰 하러 가기 전, 낯선 사람들과 치르는 마지막 실전 모의고사였습니다. 영화 어벤져스의 한 장면처럼 무려 11명의 선생님들께서 우리 학교에 총출동하여, 아무런 대가 없이 순수하게 재능 기부로, 3시간에 걸친 거대한 모의 인터뷰를 함께 꾸려 주셨습니다. 이 지면을 빌어 '인터뷰 데이'에 함께 해 주신 정종영 작가님과 조선영 선생님, 여기정 선생님과 이선형 화가님, 하향주 선생님, 이도현 선생님, 장미진 선생님과 이지현 선생님, 신은희 선생님께 진심으로 감사드립니다. '사람책으로 만든 사람책' 프로젝트가 이렇게 성공적으로 마무리될 수 있었던 것은 선생님들께서 아이들에게 기회를 나누어주신 덕분이었습니다.

〈미디어교육 운영학교 팀티칭 수업 개요〉

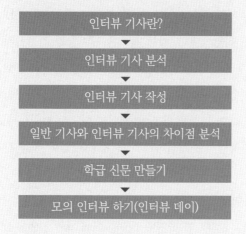

인터뷰 기사란?

▼

인터뷰 기사 분석

▼

인터뷰 기사 작성

일반 기사와 인터뷰 기사의 차이점 분석

학급 신문 만들기

▼

모의 인터뷰 하기(인터뷰 데이)

3. 우리는 학생 기자다!

   한국언론진흥재단과의 팀티칭 수업을 통해 배운 인터뷰 기사에 대한 전반적인 이해를 바탕으로 실제 인터뷰를 하기 위한 구체적 활동들을 진행해 보기로 하였습니다. 이번 단계는 실제 수행을 전제로 하는 활동인 만큼 실제적 상황 맥락을 제공하여 더욱 효과적으로 학습할 수 있도록 하였습니다. 그래서 학생들에게 다음과 같은 상황 맥락을 부여하였습니다.

"여러분들은 지금부터 영공(영남공고의 준말) 신문사의 학생 기자입니다. 선생님은 영공 신문사의 편집국장입니다. 지금부터 여러분들은 4인 1개조로 취재팀을 꾸려 우리 지역의 숨은 보석들을 발굴하고 그 분들과 인터뷰한 뒤 이를 기사문으로 작성하여야 합니다. 우리 신문의 주된 독자는 영남공업고등학교 학생들입니다. 따라서 우리 독자들이 관심을 가질 만하거나 독자들에게 도움이 될만한 사람들을 찾아 취재하여 주시기 바랍니다."

학생들에게 이러한 미션을 주고 나자, 아이들은 실제 기자라도 된 것처럼 매우 흥미로워하였습니다. 어느 반에서는 친구들끼리 '김 기자, 박 기자'하며 서로 장난을 치기도 하고, '이 기자'를 부를 때에는 '이기자!'라고 하며 고함을 치기도 하였습니다. 기세가 오른 아이들을 진정시키며 기사가 잘 나오면 이를 모아 책으로 출판하겠다고 하였습니다. 그랬더니 아이들은 다들 의기양양 베스트셀러를 내겠다며 호언장담하였습니다. 하지만 책이 출판되려면 그만큼 더 많은 책임이 따르는 법입니다. 앞으로 수업 시간에 진지하면서도 성실하게 학습 활동에 임할 것을 강조하였습니다.

취재팀은 조장들이 가위, 바위, 보를 하여 드래프트하는 방식으로 선발하였습니다. 우리 학교는 24명 한 학급이 정원이어서, 4인 1개 조로 한 반에 6개 조씩 편성하였습니다. 이 프로젝트에 참여한 학급은 3개 학급이므로, 이로써 총 18개의 취재팀이 만들어졌습니다. 조원들을 선발할 때는 결과물이 잘 나올 수 있도록, 자신과의 친분과 업무 역량을 모두 고려하도록 하였습니다. 이제 취재팀이 완성되었습니다.

본격적인 취재 활동을 위한 수업은 다음과 같은 순서로 진행되었습니다.

〈본격 취재 활동을 위한 수업〉

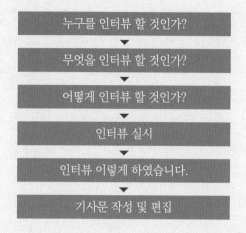

1) 누구를 인터뷰할 것인가?

'시작이 반이다.'라는 말이 있듯, 모든 일에 있어 '시작'이 차지하는 비중은 매우 큽니다. 이는 인터뷰에서도 마찬가지입니다. 인터뷰에서의 '시작' 또한 다른 분야와 마찬가지로 매우 중요합니다. 하지만 인터뷰에서의 '시작'은 다른 분야의 '시작'보다 특별히 더 중요합니다. 적어도 인터뷰에서만큼은 '시작이 반'이 아니라 '시작이 3분의 2 이상이다.'라고 말해도 좋을 정도입니다.

인터뷰는 대부분 '누구를 인터뷰 할 것인가?'라는 문제로부터 시작됩니다. '누구와 인터뷰 할지'를 정하지 않고는, '무엇을 인터뷰 할지'와 '왜 인터뷰 할지'를 정하기가 어렵습니다. 따라서 '누구를 인터뷰 하느냐?' 하는 문제는 결국 '무엇을 인터뷰 하느냐?'와 '왜 인터뷰 하느냐?' 하는 문제를 모두 함의합니다. 다시 말해 '누구를 인터뷰 할 것인가?'에 대해 고민을 하다 보면 '무엇을 인터뷰 할 것인가?'와 '왜 인터뷰 할 것인가?'가 한 번에 해결되게 됩니다.

우리가 대통령을 인터뷰 한다고 상상해 봅시다. 그러면 자연스럽게 대통령에게 무엇을 인터뷰해야 하는지, 왜 대통령과 인터뷰 해야 하는지를 함께 고민하게 됩니다. 대통령과 왜 인터뷰할 건지를 정해 놓고 대통령을 인터뷰 하겠다고 하는 것은 가능하지 않은 전제입니다. 그러므로 결국 '누구를 인터뷰 하느냐' 하는 문제는 인터뷰의 의도, 목적과 직결되는 매우 중요한 문제입니다. 따지고 보면 어떤 일에서건 의도와 목적은 가장 중요한 문제일 수밖에 없습니다. 따라서 '누구를 인터뷰 하느냐?' 하는 문제는 인터뷰 과정에서도 가장 중요한 과정이라 할 수 있습니다.

'누구를 인터뷰할 것인가?' 하는 문제는 앞서 이야기한 것처럼, 다양한 기관에서 제공하고 있는 '사람책' 목록을 활용하기로 마음먹고 있었습니다. 아이들이 스스로 인터뷰 대상을 구할 수도 있겠지만, 그럴 확률은 사실 그리 높지 않다고 생각하고 있었습니다. 하지만, 그렇다고 해서 아이들에게 무턱대고 '사람책' 목록부터 제공하지는 않았습니다. 처음부터 인터뷰 대상 명단을 주게 되면, 인터뷰 활동에 대한 호기심이 떨어져 자기주도적 학습 활동을 방해하게 될 것이라 생각하였습니다. 그래서 인터뷰 대상을 선정하는 첫 시간에는 학생들에게 다음과 같은 조건을 주고 인터뷰 대상을 스스로 찾아보게 하였습니다.

〈인터뷰 대상 선정 방법〉
영남공고 학생들의 인성 교육에 도움이 되는 사람
영남공고 학생들의 진로 교육에 도움이 되는 사람
이 책을 읽는 모든 사람들에게 흥미를 끌 수 있는 사람

이와 같은 조건을 제시한 것은 이 프로젝트가 수업 시간에 이루어지는 교육 활동이기 때문이었습니다. 그렇기 때문에 이 활동의 과정과 결

과 모두 반드시 교육적이어야만 하였습니다. 하지만 인터뷰 대상 선정 작업을 아이들의 선택에만 맡겨두게 되면, 자칫 흥미 위주로 흘러, 교육적이지 않은 대상과 인터뷰하게 될 가능성도 있었습니다. 그래서 교육 활동의 양대 산맥이라 할 수 있는 인성 교육과 진로 교육에 도움이 되는 사람으로 그 범위를 제한하고, 인터뷰하기로 결정한 사람이 생기면 연락을 취하기 전에 반드시 선생님께 승인을 받도록 하였습니다.

세 번째 조건에 '흥미를 끌 수 있는 사람'을 포함한 것은 혹시라도 아이들이 유명 인사와의 인터뷰를 성사시킬지도 모른다는 기대감 때문이었습니다. 물론 그럴 가능성이 높다고 생각한 것은 아니었으나, 소가 뒷걸음질 치다가 뭐라도 밟게 되면 뒤따르는 장점이 많을 거라 생각하였습니다. 그리고 설사 유명 인사와의 인터뷰를 성사시키지 못한다 하더라도, 아이들이 현실 세계를 자각하고 자신의 한계를 명확히 인식하게 되면 최소한 초등학생적 판타지로부터는 벗어날 수 있지 않을까 판단하였습니다. 그런데 아니나 다를까, 근거 없는 자신감으로 똘똘 뭉친 몇몇 아이들은 역시나 겁도 없이 유명 인사와의 인터뷰를 시도하기 시작하였습니다. 아이들이 선택한 대표적인 유명인은 권영진 대구시장과 김대권 수성구청장, 축구 선수 조현우, 야구 선수 박해민, 신사고 교과서에 수록된 '첫사랑'이라는 작품의 시인 고재종이었습니다.

권영진 대구시장과 인터뷰를 하기로 한 조는 SNS 메신저를 통해 권영진 시장과 연락하겠다고 하였습니다. 권영진 시장이 페이스북과 인스타그램 계정을 가지고 있기 때문에 SNS 메신저를 통해 접촉하면 반드시 성공할 수 있다고 믿었습니다. 솔직히 그렇게 하면 연락하기 어려울 거라고 말해주고 싶었지만 그 결의에 찬 눈빛은 그 말 대신 파이팅이라고 말하게끔 하였습니다. 그래서 차라리 용기 있게 한 번 도전해 보라고 하였습니다. 예상대로 아이들은 성공하지 못했습니다. 수도 없이 SNS를 통해 질의를 해도, 거절의 답변조차 받지 못한 아이들은 너무 크게 실망한 나머지, 훗날 유권자가 되면 권영진 시장에게 투표하지 않겠다는 폭탄 선언(?)을 하기도 하였습니다. 그래도 그렇게 불구덩이에 손을 집어넣고 나서라도 불이 뜨겁다는 것을 깨달은 것은 나름의 큰 수확이었습니다. 정치인의 SNS는 당사자가 직접 운영하는 것이 아니라 홍보 담당 대리인이 하는 것이라는 것을 뒤늦게 나지막히 일러주었습니다.

김대권 수성구청장을 인터뷰 하겠다고 하는 친구는 자신의 할아버지가 수성구청장과 친분이 있다고 하였습니다. 개인적인 친분이 있다고 하니 권영진 시장보다는 왠지 성사될 가능성이 높아 보였습니다. 게다가 우리 학교가 행정구역 상 수성구에 위치하고 있어 성사되기만 하면 그 그림도 그렇게 나쁘지 않았습니다. 하지만 공고 다니는 손자의 제안이라 그런지, 할아버지께서는 손자의 제안에 귀 기울여 주시지 않았습니다. 역시나 기대했던 수성구청장과의 만남은 할아버지의 자체 검열을 넘지 못하고 아쉽게도 실패하였습니다.

축구 선수 조현우나 야구 선수 박해민도 앞선 경우와 마찬가지로 아쉽게 실패하였습니다. 하지만 이번에는 가능성이 전혀 없는 것은 아니었습니다. 대구FC나 삼성라이온즈 구단에서는 지역의 팬 인프라 활성화와 지역 사회 봉사 차원에서 팬과 선수와의 만남을 주선하는 일이 종종 있는데, 이런 행사와 잘 연계하면 성사될 수도 있다 생각하였습니다.

그래서 먼저 대구FC 구단에 연락을 취해 보았습니다. 그랬더니, 대구FC가 최근 챔피언스리그 참가 등으로 여유가 없는 데다가, 조현우 선수 같은 경우에는, 조현우 선수에 대한 공식 인터뷰 매체들의 인터뷰 요청이 쇄도할 때라 선수 보호 차원에서 주선하기가 어렵다고 하였습니다. 구단에서는 2군 선수들을 역으로 제안하기도 했는데 아무래도 유명

선수가 아니다 보니 이번에는 학생들이 시큰둥하였습니다. 하지만 박해민 선수는 좀 달랐습니다. 박해민 선수 같은 경우는 삼성 라이온즈 구단의 공식 행사와 맞물려 공문까지 주고 받는 등 성사 직전 단계까지 이르렀지만, 마지막 단계에서 아쉽게 성사되지 않았습니다. 다 된 밥에 코 빠뜨린 것 같은 아쉬운 상황에 모두가 참으로 허탈해 하였습니다. 하지만, 이 과정을 통해 공식적인 업무 처리는 주먹구구식으로 연락을 한다고 해서 되는 것이 아니라 공문을 바탕으로 체계적인 과정을 거쳐야 한다는 것을 알게 되었고, 이는 다음 수업 단계에서 공문 작성 체험 학습을 기획하게 되는 계기가 되었습니다.

고재종 시인을 인터뷰 하겠다는 아이디어는 사실 좀 뜻밖이었습니다. 아이들이 교과서에 나오는 시를 쓴 시인을 인터뷰 하겠다는 생각을 하게 될 줄은 정말 생각지도 못했습니다. 출판사를 통하면 어떻게 서면 인터뷰라도 가능하지 않을까 하는 생각이 들어 조금은 기대하였습니다만, 출판사 쪽에 연락을 해보아도 역시나 성사되지는 않았습니다. 고등학생들이 연락하니까(그것도 공고에서) 장난인가 싶어 안 된다고 하는 거 아닌가 하는 생각이 들기도 하였지만, 아이들의 성장을 위해서는 나서지 말고, 한 발 물러서 있는 것이 좋을 것 같아 억지로 참았습니다.

그렇다고 인터뷰 대상을 자발적으로 정한 조가 모두 실패하기만 한 것은 아니었습니다. 우리 학교 담당 경찰관을 인터뷰 하겠다고 한 조 같은 경우에는 이 역시 자신들이 스스로 인터뷰 대상을 선정한 케이스였지만, 좀 더 현실적인 선택이라 그런지 큰 어려움 없이 승낙을 받아내는 데 성공하였습니다.

〈피해야 할 인터뷰 대상〉
부모님, 친척, 선생님
부모님이나 나의 지인

아이들에게 제시한 〈인터뷰 선정 대상〉 조건에는 인터뷰 선정 대상 뿐만 아니라 〈피해야 할 인터뷰 대상〉도 포함되어 있었습니다. '피해야 할 인터뷰 대상'은 다름 아닌 자신이나 부모님이 알고 있는 지인이었습니다. 그래서 일단 아는 사람은 무조건 안 된다고 선을 그었습니다. 이 수업의 가장 중요한 목표 중 하나가 자기 주도적 활동을 통한 자존감 함양인데, 그러려면 어떻게든 어려운 과정을 극복하고 이겨내는 경험을 해보아야만 하였습니다. 특히 우리 학교 학생들은 고교 진학 과정에서 대부분 자존감에 크고 작은 상처를 입는 경우가 많아, 이를 극복하기 위한 크고 작은 성공 경험이 필요하였습니다. 저는 이 프로젝트가 아이들에게 이러한 성공의 경험을 제공할 수 있는 좋은 기회가 될 것이라 생각하였습니다. 게다가 이 프로젝트는 아이들 간의 협력을 통해 결과물을 이끌어 내는 방식이므로, 실패에 대한 부담을 최소화 하면서도 자존감을 높일 수 있는, 매우 효과적인 방법이라 생각하였습니다. 그래서 지인에 대한 인터뷰는 전적으로 제한하도록 하였습니다.

스스로 인터뷰 대상자를 물색하지 못한 조에게는 예정대로 지역의 다양한 기관에서 제공하고 있는 사람책 목록을 제공하였습니다. 학생들에게 제공한 것은 '대구시립중앙도서관'의 사람책 목록이나 '대구광역시 중구'에서 마련한 사람책 목록, '대구여성가족재단' 등에서 마련한 사람책 목록이었습니다. 하지만 이걸 본다고 해서 달리 뾰족한 수가 있는 것은 아니었습니다. 사람책 명단에는 단지 이름과 하는 일, 간단한 약력 같은 것이 나와 있을 뿐, 인터뷰 약속을 잡는데 필요한 직접적인 연락처 같은 것은 전혀 나오지 않았습니다. 그래서 학생들은 명단에 나와 있는 이력을 참고하여 관련 기관에 전화를 하거나 신문기사, 방송, 인터넷 등을 검색하는 방법으로 스스로 연락처를 찾아보아야만 하였습니다. 처음에는 우리가 어떻게 이런 걸 찾냐는 볼멘 소리가 쏟아졌지만 애써 못 들은 척 딴청을 피웠더니, 어느 순간부턴가 인터뷰 대상자의 사무실 전화나 개인 핸드폰 번호, SNS 메신저 ID, 이메일 주소 등을 찾아내기 시작하였습니다. 한 두 조가 먼저 발견하기 시작하자 여기에 자극을 받은 다른 조들도 서둘러 앞다투어 찾아내기 시작하였습니다. 물론 아쉽게도 끝내 연락처를 찾아내는 데 실패한 조도 있었습니다. 하지만 이런 경우를 대비하여 미리 후보군을 2명 이상 복수 선택하게 하여 연락처를 쉽게 찾지 못할 때, 바르게 다음 후보의 연락처를 찾도록 하였습니다. 인터뷰 대상을 선정할 때에는 5WHY 기법을 활용하여 왜 이 사람책을 인터뷰 하는 지 다각도로 그 이유를 탐색해 보도록 하였습니다.

학생들이 인터뷰 대상을 확정하고 나서는 학생들에게 언어 예절을 비롯하여 전화 예절 요령에 대해 교육하였습니다. 별도의 인터뷰 비용을 들이지 않으면서도 인터뷰를 원만하게 성사시키려면 무엇보다 인터뷰 상대방에게 진지하고 예의 바르게 행동하는 것이 중요하였습니다. 그래서 인터뷰 대상에 대한 연락은 반드시 수업 시간에 실시하도록 하였습니다. 아무리 예절 교육을 하였다고는 하지만 그래도 선생님이 옆에서 지켜보고 있지 않으면 자칫 무례하게 굴까 봐 염려가 되었습니다. 하지만 막상 연락하기를 시켜보니, 마구 지를까 봐 걱정했던 아이들이 생각보다 소극적이어서 깜짝 놀랐습니다. 신체적으로는 다 큰 어른 같은 아이들이, 아직은 제 스스로 무엇을 하기보다는 부모를 앞세워 일을 처리하는 데 익숙한, 덩치 큰 어린아이에 불과하였던 것입니다. 아이들은 잔뜩 긴장한 채 연습장에 대본을 쓰는가 하면 서로 시뮬레이션까지

해가며 매우 꼼꼼하게 전화 섭외를 준비하였습니다.

　수업 시간에 연락을 하게 한 데는 어느 한 조의 성공이 다른 조에게 미칠 영향을 고려한 까닭도 있었습니다. 실제로도 어느 한 조의 성공은 다른 조의 각성을 일깨우는데 매우 효과적이었습니다. 하지만 정작 실망스러웠던 것은 인터뷰 상대방들의 반응이었습니다. 공고 학생들의 인터뷰 시도를 그저 장난으로 받아들이고 함부로 거절하는 일이 적지 않았습니다. 심지어 약속을 다 잡았다가도 당일 아침에 일방적으로 취소하는 경우도 있었습니다. 그런 경우 아이들이 낙담하고 하기 싫어질 것을 대비하여 졸업생 선배들을 미리 섭외해 두기는 했지만 씁쓸한 뒷맛은 어쩐지 개운치 않았습니다.

　열여덟 명의 사람책은 이렇게 쉽지 않은 과정을 거쳐 구성되었습니다. 다시 한 번 인터뷰를 허락해 주신 열여덟 분의 사람책에게 진심으로 감사드립니다.

2) 무엇을 인터뷰 할 것인가?

'무엇을 인터뷰 하느냐?'의 문제는 결국 인터뷰 대상자에게 어떤 질문을 하느냐의 문제입니다. 인터뷰는 특정한 목적이나 의도를 가지고 실시하는 공적 말하기이므로, 질문은 인터뷰의 목적을 달성하게 하는 핵심 장치라 할 수 있습니다.

인터뷰에서 질문은 구체적 사실에 대한 질문, 생각이나 느낌에 대한 질문, 앞으로의 계획이나 당부에 대한 질문 등으로 분류할 수 있습니다. '암벽 등반을 언제 시작하셨나요?'와 같은 질문은 구체적 사실에 대한 질문이고, '암벽 등반을 통해 무엇을 얻게 되셨나요?' 같은 질문은 생각이나 느낌에 대한 질문입니다. 그리고 '앞으로 무엇을 하고 싶으신가요?'와 같은 질문은 앞으로의 계획에 대한 질문입니다.

우선 아이들에게 이러한 질문의 유형을 고려하여 자신의 의도와 목적에 맞는 10가지 질문을 마련하도록 하였습니다. 그리고 이를 짝 토론과 조별 토론의 과정을 거쳐 조별 최종안을 마련하도록 하였습니다. 질문은 한 시간 정도 인터뷰할 것을 염두에 두고 3~5분 정도 답변이 가능한 열린 질문들로 구성하게 하였습니다. 만약 상대의 답변이 빨리 끝날 것을 대비해 상황에 맞게 보충 질문을 하거나 보강 질문을 추가로 마련해 둘 것을 권장하였습니다.

질문을 만드는 것도 중요하지만 질문을 잘 배열하는 것도 중요하였습니다. 인터뷰의 질문은 각각 분리되어있는 것이 아니라 인터뷰의 흐름에 따라 유의미하게 서로 연결되어 있습니다. 그래서 질문의 순서를 정할 때는 인터뷰의 목적이 잘 달성될 수 있도록 체계적으로 조직하여 제시하도록 하였습니다. 질문은 쉽고 가벼운 질문에서부터 시작하여 진지하고 무거운 질문으로 이어졌다가 다시 가벼운 질문으로 마무리하는 방식으로 진행할 것을 권장하였습니다. 글쓰기에서 자주 활용하는 구성 방식 중 하나인 기승전결 형식에 대해 소개하고 이러한 방식을 활용하는 것도 효과적이라고 언급하였습니다. 인터뷰의 시작은 가급적 '자기소개'에서부터 시작하여, '우리 학교 학생들에게 하고 싶은 말'로 마무리 지을 것을 제안하였습니다. 책으로 엮일 것을 대비하여 약간의 통일성을 가미하였습니다.

　이렇게 선정된 질문들을 토대로 가상 인터뷰 활동을 실시하였습니다. 사실 인터뷰가 만족스러우려면 잘 말하기보다는 잘 들어야 합니다. 그래서 인터뷰를 할 때는 집중하기, 격려하기, 요약하기, 반영하기와 같은 공감적 듣기 방법을 적극 활용하도록 하였습니다. 공감적 듣기 전략은 상대방으로부터 내실 있는 답변을 이끌어 낼 수 있도록 하는 핵심 장치입니다. 상대방의 눈을 쳐다보며 집중하고 고개를 끄덕이며 맞장구치고, 웃을 때 같이 웃고 슬플 때 같이 슬퍼하다 보면, 어느덧 상대방은 하지 않아도 되는 진짜 이야기까지 하게 됩니다. 또한 상대방의 말을 들으며 상대방이 한 말을 요약해주고 상대방의 감정을 읽어주다 보면, 상대방은 자신의 이야기 전개 과정에 대해 인지하며 논리적으로 말할 수 있게 되고 속 깊은 이야기도 할 수 있게 됩니다. 상대방의 답변을 들을 때는 메모하기 전략을 사용할 것을 강조하였습니다. 아무래도 공고 학생들이 진행하는 인터뷰이다 보니 자칫 상대방이 인터뷰에 진지하게 응하지 않을 가능성이 있었습니다. 하지만 설령 그런 일이 벌어진다 하더라도, 우리가 적극적으로 메모를 하며 듣는 모습을 보여주면 상대방도 진지하게 인터뷰에 임하게 하는 효과가 있을 것이라 판단하였습니다.

　이렇게 가상 인터뷰 활동까지 마무리하고 나서는 인터뷰 대상에게 사전 질문지를 전송하여 인터뷰 상

대방과 인터뷰가 효과적으로 진행될 수 있도록 하였습니다. 사진 촬영과 영상 촬영이 진행됨을 미리 고지하여 인터뷰 현장에서 당황하지 않게 배려하도록 하였습니다.

3) 어떻게 인터뷰 할 것인가?

사실 인터뷰 과정은 그리 만만하지 않습니다. 낯선 사람에게 연락을 해야 하고 낯선 사람을 만나야 하며 낯선 사람에게 원하는 답변을 이끌어내야 합니다. 이를 토대로 결과물도 만들어내야 합니다. 그러므로 혼자서 할 수 있는 일은 없습니다. 모두 함께 협력하여 인터뷰를 마무리해야 합니다.

그래서 조직력을 가지고 서로 협력할 수 있도록 조장과 부조장을 정하였습니다. 조장과 부조장은 어떤 일이 있더라도 인터뷰 프로젝트를 완료할 수 있는 책임감을 가진 사람이어야 하고, 갈등이 생겼을 때 갈등을 잘 중재할 수 있는 사람이어야 합니다. 조원 중에 조원들을 두루 아우를 수 있는 사람이 있다면 그 사람이 조장이나 부조장으로 적임자입니다.

다음으로 인터뷰를 주도적으로 담당할 진행자를 정하게 하였습니다. 진행자는 인터뷰를 할 때 인터뷰 상대에게 질문을 던지고 답변을 듣는 역할을 하게 됩니다. 조장이나 부조장이 진행자를 맡는 것이 가장 좋지만, 만약 조 안에 말주변이 있거나 공감적 듣기를 잘하는 친구가 있다면 그 친구가 진행을 하는 것도 괜찮습니다. 보조 진행자를 정해 두는 것도 나쁘지 않습니다. 진행자가 질의 응답을 이끌어 갈 때 부족한 질문을 부분을 보완해주고, 메모를 하면서 인터뷰의 흐름을 파악해 주면 큰 도움이 됩니다.

인터뷰를 진행할 때는 인터뷰가 종료된 이후 인터뷰 내용을 기사로 정리해야 하므로 인터뷰 결과를 잘 복기를 할 수 있게 스마트폰으로 인터뷰 상황을 녹음하도록 하였습니다. 만약 전화가 와서 녹음이 중단된다거나 기타 오류가 발생하는 상황을 대비해 핸드폰을 비행기 모드로 바꿔 놓고 2대의 핸드폰으로 동시에 녹음하는 것을 추천하였습니다. 구글과 마이크로소프트 등에서 제공하는 음성 인식 기능을 활용하여 문서에 동시에 기록하는 것도 권장하였습니다. 인터뷰 내용을 복기할 때는 조원들끼리 녹음 파일을 공유하여 시간별로 분량을 나누어 기록하는 것이 좋습니다. 만약 음성 인식 기능을 사용하여 인터뷰 과정을 기록해 두었다면 이 과정은 훨씬 간편해집니다.

다음으로 사진을 촬영할 담당자를 정하였습니다. 사진은 인터뷰 전, 인터뷰 중, 인터뷰 후, 각 단계별로 사진을 촬영합니다. 인터뷰 전에는 피면담자 단독 사진을 촬영하는 것이 좋고, 인터뷰 중에는 면담을 하고 있는 자연스러운 피면담자와 면담자의 모습을 촬영하는 것이 좋습니다. 인터뷰가 마무리된 뒤에는 피면담자와 면담자 사이에 어느 정도 자연스러운 관계가 형성되었으므로, 함께 찍는 사진을 촬영하는 것이 좋습니다. 사진은 가로 사진 위주로 촬영하는 것이 좋습니다. 일반적으로 사용하는 편집 체계에서는 세로 사진보다는 가로 사진이 더 유용합니다. 사진은 한 장을 잘 찍기보다는 최대한 많이 찍고 나중에 골라내는 것이 좋습니다. 영상을 촬영하는 사람을 따로 정하는 경우에는 삼각대를 세워 두고 촬영이 잘 되는지 미리 확인해야 합니다. 영상 촬영 담당자는 영상 편집을 겸해야 하는 경우가 많으므로 영상 편집을 할 수 있는 사람이 하는 것이 좋습니다. 우리는 사실 영상 편집과 무관하게 카메라를 설치하였는데 이는 피면담자가 진지하게 인터뷰할 수 있도록 유도할 목적이 가장 컸습니다.

그리고 마지막으로 인터뷰할 시간과 장소를 정하도록 하였습니다. 피면담자와 함께 상의하여 정하되, 가급적이면 피면담자의 스케줄에 맞추도록 하였습니다. 조별로 일정한 예산을 지급하여 교통비로 활용하되, 피면담자의 공적 공간에서 인터뷰를 진행하게 되면 간단한 다과라도 미리 준비해서 가거나, 카페 같은 공용 공간에서 진행하게 되면 음료비를 직접 지불하도록 하였습니다. 인터뷰가 마무리 되고 나서는 조별로 간단한 회식을 진행할 수 있도록 식사비도 일부 지급하였습니다.

4) 인터뷰 이렇게 하였습니다

인터뷰를 하러 나가기 직전 직업기초능력 향상 차원에서 공문을 작성해 보게 하였습니다. 학교에서 사용하고 있는 공문 양식에 빈 칸을 두고 거기에 만날 시간과 장소 정도를 간단히 적어보게 하는 활동이었습니다. 사실 이런 정도의 활동을 한 걸 가지고 공문 작성 능력이 향상되었다고는 말할 수 없지만, 그래도 공문을 한 번도 접해본 적이 없는 학생들에게는 최소 공문이 무엇인지, 어떤 용도로 쓰고 있는지 정도는 파악할 수 있는 기회가 되었습니다. 예산을 사용한 결과를 직장에서 흔히 하고 있는 방식과 마찬가지로 임시일상경비정산서를 작성하고 그 뒷면에 영수증을 붙여 제출하게 하였습니다. 최대한 직장 생활에서 일어날

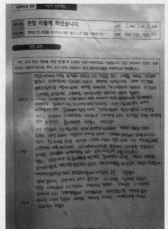
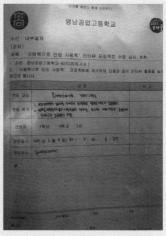

수 있는 상황과 유사한 상황을 조성하여 직업기초능력이 향상될 수 있
도록 하였습니다.

　인터뷰를 완료하고 나서는 인터뷰 과정에 대한 소감문을 작성하도
록 하였습니다. 인터뷰의 전, 중, 후 단계로 나누어 각 단계별로 했던 일
들에 대해 작성해 보고 각자 이 과정에서 배운 점과 느낀 점들을 기록해
보도록 하였습니다.

　소감문을 토대로 발표 자료를 작성하였습니다. 자신들이 행한 인터
뷰 활동에 대해 소개하고 질의응답을 받으며 잘된 점과 잘 못된 점에 대
해 이야기를 나누었습니다. 그리고 이러한 활동들을 토대로 기사문을
작성하였습니다.

4. 프로젝트 수업을 마치며

　특성화고등학교의 가장 중요한 교육 목적이기도 한 직업기초능력의

향상은 교육과정과 실생활의 간극이 적으면 적을수록 그 효과가 커지기 마련입니다. 따라서 우리 학교 학생들의 직업기초능력을 향상시키기 위하여 실생활에 기반한 교육과정을 운영해 보고자 하였습니다. 이러한 생각을 갖게 된 데는 '현상기반학습' 그러니까 PhBL 이라는 교수학습 방법을 접하고 나서부터였습니다. PBL이 프로젝트 기반 학습이라면 PhBL은 현상기반학습이라고 하는데, 여기서 '현상'이란 학습자를 둘러싼 환경, 그러니까 실생활을 의미합니다. 그러므로 실생활을 기반으로 한 PhBL은 과목보다는 주제중심통합 학습의 형태를 띠며, 지식보다는 역량을 기르는데 초점이 맞추어지게 됩니다. 이러한 형태의 수업을 운영하고 있는 곳이 바로 핀란드입니다. 핀란드식 교육방식이 기본 지식과 개념 학습에 약점이 있다는 지적이 있기도 하지만, 평가 기준을 지식 수준이 아닌 역량 기준으로 바라본다면 핀란드의 방식이 매우 우수한 교육과정임은 애써 거론할 필요가 없으리라 생각합니다. 지식을 많이 가지고 있는 학생과 역량을 많이 가지고 있는 학생 중 사회에 나갔을 때 누가 더 성공적인 삶을 살게 될지는 너무나도 자명한 일입니다.

'사람책으로 만든 사람책' 프로젝트는 이렇게 실생활을 바탕으로 인성 교육과 직업기초능력이라는 두 마리 토끼를 한 번에 잡으려는 전략적 프로젝트였습니다. '사람책과의 대화를 통한 인터뷰 기사 작성'이라는 주제를 중심으로 화법과 작문, 실용국어 및 독서와 같은 국어적 지식을 결합하고 여기에 미디어 교육과 직업기초능력 같은 범교과적 주제를 융합하려 노력하였습니다. 한국언론진흥재단의 E-NIE 사이트와 빅카인즈 사이트를 적극 활용하고, 구글의 클래스룸과 문서 도구, 드라이브, 포토 서비스를 적극적으로 활용하는 에듀테크 기반 수업을 지향하기도 하였습니다.

물론 아쉬운 점도 적지 않습니다. 프로젝트 수업을 하다 보면 학습자 주도로 학습 활동을 진행하게 되므로, 같은 반 안에서도 조별 진행 속도에 차이가 나타나게 되는 일이 많습니다. 이럴 때는 잘 못하는 조에게 속도를 맞추어 주고 기다려주다 보면 결국에는 다 같이 잘하게 될 것이라 생각하지만 현실은 좀 달랐습니다. 잘 못하는 조에게 시간을 더 주고 기다려준다고 하여 잘 못하던 조가 잘하게 되는 것은 아니었습니다. 도리어 잘 못하는 조로 인해 전체적인 진행 속도를 늦추게 되면서 기존에 잘 하던 조조차도 집중도가 떨어지는 결과를 낳아, 이는 반 전체의 학습 효율에도 영향을 주었습니다. 차라리 평균 속도인 조 내지는 평균에 조금 못 미치는 조에 기준을 맞추면서, 잘 못하는 조가 더 빨리 할 수 있도록 다그치거나, 다 못한 것을 과제로 제시하여 다음 시간까지 해오도록 하는 편이 더 효과적이었습니다.

돌이켜보면 제가 프로젝트 수업의 경험이 많지 않다 보니 우리 아이들이 자칫 저의 수업 실험 대상이 되고 만 것은 아닌가 하는 반성이 들 때가 있습니다. 실제 올해 교원능력개발 평가에서도 학습지 말고 교과서 위주로 수업해 달라는 볼멘 소리를 한 아이도 있었습니다. 비록 극소수의 의견이기는 하지만 그렇다 하더라도 이를 간과해서는 아니 되겠습니다. 말 없는 다수 중에는 이편이 많을지 저편이 많을 지 알 수 없는 일입니다. 그래서 본 프로젝트를 함께 한 아이들의 의견에 좀 더 귀 기울여 보고, 내년에는 좀 더 나은 방향으로 수업을 운영해 보려 합니다.

한 해 동안 미숙한 선생님 탓에 우리 아이들이 고생이 많았습니다.

이 책에는 '사람책으로 만든 사람책' 프로젝트에 대한 내용만 들어가 있지만, 사실 저와 함께 수업을 한 아이들은 창작시도 써야했고, 창업계획서도 내야했고, 다른 사람들을 효과적으로 설득하기 위해 머리도 싸매야 했습니다. 너무 고생 많았습니다. 이 책이 우리 아이들의 그 고생에 대한 작은 보답이 되었으면 하는 바람입니다.

우리는
학생 기자다

사 람 책 으 로   만 든   사 람 책

발행일 | 2020년 3월 4일
지은이 | 영남공업고등학교 전자과 학생기자단
엮은이 | 이제창
펴낸곳 | 매일신문사
　　　　　 대구 중구 서성로 20
　　　　　 (053)251-1421~3
값 | 15,000
ISBN | 978-89-94637-19-8